《阅读中华经典》编委会

古代神话

蒙宪 汪玉川 编著

【阅读中华经典】

主编　傅璇琮

副主编　黄道京　马晓乐

在古人的幻想中，女娲不仅创造了人类，她还运用自己的智慧和建立了一个平安美好的生活环境，这就是女娲补天除害的故事。为什么创造人类和补天除害这两件大事都是一位女神做的呢？这是因为社会发展有一定的规律。最初，人类有过一个母系氏族社会，也就是说会里，女性起了很大的作用，她们采集植物、烧煮食品、看守住地、养育孩子时的孩子只知道自己的母亲是谁，而不清楚谁是自己的父亲。这样，孩子与母亲缝制衣服，管理一个部落社会的政治、经济、文化、组织等大事。当有很密切的关系，一切都必须由母亲来决定。所以，女性就有很大的权力和很高的威信，受到普遍的尊重。于是，现实生活中的这些现象反映到神话里，就是由女神创造并保护人类。

泰山出版社

图书在版编目（CIP）数据

古代神话/傅璇琮主编. —济南：泰山出版社，
2007.4 （阅读中华经典）
ISBN 978－7－80634－571－9

Ⅰ．古... Ⅱ．傅... Ⅲ．神话—作品集—中国
—古代—青少年读物 Ⅳ．I276.5

中国版本图书馆 CIP 数据核字(2006)第 138649 号

主　　编　傅璇琮
编　　著　蒙　宪　汪玉川
责任编辑　冯文静
装帧设计　胡大伟

阅读中华经典
古代神话

出　　版　泰山出版社
社　　址　济南市马鞍山路 58 号　邮编　250002
电　　话　总编室（0531）82023466
　　　　　发行部（0531）82025510　82020455
网　　址　www.tscbs.com
电子信箱　tscbs@sohu.com
发　　行　新华书店经销
印　　刷　蓬莱利华印刷有限公司
规　　格　150×228mm　16 开
印　　张　7.375
字　　数　53 千字
版　　次　2007 年 4 月第 1 版
印　　次　2016 年 2 月第 3 次印刷
标准书号　ISBN 978－7－80634－571－9
定　　价　13.00 元

序

傅璇琮

    这套《阅读中华经典》，是打算将我国具有悠久历史而又绚烂多彩的古典文学作品系统地介绍给广大青少年，通过注释、今译和赏析，努力克服语言和文化知识方面的一些困难，让青少年能直接接触古典文学的精华，使他们从少年时代起就对我们伟大祖国的光辉文明有清晰的了解和深切的印象。

    广大青少年在当前改革、开放的新时期中，思想非常活跃。他们迫切需要了解社会、了解自身，他们希望了解世界的历史和现状，更希望了解中国的历史和现状。中国是一个文明古国，又处在变化发展十分强烈的当今世界中，青少年一定会从现实的千变万化、五光十色中来探索我们民族过去走过的道路，想了解这个有数千年历史的传统文化怎样给现实以投影。我们觉得，在这当中，古典文学会首先引起他们的注意和兴趣。

    据说，多年前，北京有一所工科学院，它的专业与唐诗宋词没有多大关系，但学校却为学生开设了一门唐诗宋词的选修课，结果产生了原来预想不到的效果。学生们读完了这门课程，激发了爱国心和民族自豪感。他们知道世界上除了托尔斯泰、雨果、海明威之外，在我国历史上早就有了屈原、李白、杜甫、陆游、辛弃疾等许多非常伟大的文学家，早就有了无数优秀文学作品。这就向我们启示：在古典文学界，除了专门论著之外，还应做大

古代神话

量的普及工作。我们应当力求用通俗、生动、准确、优美的文笔，向广大群众、广大青少年介绍我国丰富的文学遗产，介绍我国数千年的历史长河中涌现出来的众多优秀作家、艺术家，介绍我国古代作品中的精品，使他们懂得我们民族的文学中自有它的瑰宝，足可与世界各国的文学相媲美，使他们开阔眼界，增长见识，提高文化素养和审美趣味。这对于培育爱国主义思想，加强对祖国和民族的爱，提高道德情操，丰富精神文化生活，都会起很大的作用。列宁曾说过，只有用人类创造的全部知识财富来丰富自己的头脑，才能成为共产主义者。在一定的条件下，知识是可以转化成觉悟，转化成品格的。有着较高文化素养的人，对于正确与错误，高尚与卑鄙，善与恶，美与丑，更易于作出准确的价值选择。而文化素养中，文学是不可或缺的部分，它往往能在潜移默化、对世界美好事物的多方面领略和摄取中影响人的内心和精神面貌。这是文学的社会功能的特点，也可以说是它自己的规律，这是一种整体性的修养和培育。

　　这套《阅读中华经典》是我国古典文学启蒙读物，就是从上面所说的宗旨出发，一是介绍知识，二是提供对古典佳作的一种美的选择，美的品尝。如果广大读者特别是青少年能从中得到某些启发，从而有助于自身文化素养和情操的提高，就将是我们最大的满足。

　　这套读物是采取按时代编排的做法，远起上古神话，下及《诗经》、楚辞、先秦散文、秦汉辞赋、乐府古诗、唐诗宋词、元明清诗文及戏曲小说。这样成系统地类似于教材编写的做法，能否为大家接受？我们认为：第一，这是一次试验，我们想用这种大剂量的做法来试试我们处于新时期中青少年的胃口和消化能力;我们对他们的接受能力和审美水平有充分的信心。第二,我们采取既有系统而又分册出版的办法,在统一编排中照顾到一定的灵活性,读者可以根据自己的爱好,选择自己感兴趣的一部分阅读,不必受时代先后的束缚,兴趣有了提高,可以逐步扩大阅读范围。第三,广大教师和家长们一定能给予正确的指导。目前中小学语文课本中古典作品的分量不多,这套读物正好对此做必要的补充,青少年当可以在语文课之外获得更多的知识,而老师们和家长们的正确引导和指点,无疑会进一步消除阅读中的难点,从而提高阅读的兴趣。如果老师们和家长们能事先浏览,再进而做具体的帮助,则这套读物当更能发挥其系统化的优点。

对作品的注释,考虑到青少年读者的特点,将尽可能浅显,这是克服语言障碍的最基本一环。今译的目的,一是补充注释之不足,使读者对文意能有连贯的了解;二是增加阅读的兴味,使读者对原作的思想和艺术有一个整体的感受。另外,我们还尽可能帮助读者做一些分析,以有助于认识和欣赏作品的思想意义和艺术价值。同时,结合每一时期的文学发展和文体演变,我们还做了一些文学史知识介绍。这些介绍是想对学校教学因课时所限做若干辅助讲解,青少年如能对这些方面的知识有一个大致的掌握,对进一步了解古典文学的历史发展和不同风貌,一定会有较大帮助。

最后应当说明的是,参加这套读物选注工作的,大多是中青年作者。他们在繁忙的本职工作之余,从事于此,有时往往为找

到一个词语的正确答案,跑图书馆翻书,找人请教,表现了认真负责的态度和普及文化知识的可贵热情。

　　另外,这套丛书能与广大青少年读者见面,是和泰山出版社的大力支持分不开的,他们为此付出了辛勤的劳动。在这里谨向他们表示深深的谢意!

前言

什么是神话呢?

神话是远古时代的人们根据自己在长期的生产和生活中所碰到的自然现象和社会现象、集体创作出来的具有大胆想象的民间口头文学。它是文学发展的土壤。

神话又是怎么产生的呢?

在原始社会,人们的生产力很低,智力也不发达,我们今天掌握的科学知识他们那个时候还没有掌握,对于经常碰见的自然现象和人本身的各种问题,都不明白为什么。在强大的自然面前,那时的人类显得像个儿童,好多事情是做不到的。于是,他们就认为,一定是有一个神在控制和指挥着那些搞不清的现象,这些神都是很有本事的,什么都能干,什么都难不住他们。这样,在古人心目中,所有自然现象就变成像人一样了。然后,古人又根据周围出现的英雄好汉的事迹,想象出一个个神奇的故事,口头讲,口头传,神话就这么产生了。

从今天我们了解的材料来看,中国古代神话主要分三个大类:

(一) 解释自然现象;

(二) 反映人与自然作斗争;

(三) 表现早期人类社会生活。

在三大类神话中,前两类主要表现人与自然的关系。后一类反映了人与人的关系。

虽然神话最大的特点是神奇的幻想，可是，这种幻想并不是没有根据的乱想，全都是有现实生活做基础、做根据的。神话中的各种描写和解释虽然看起来有点荒唐好笑，可是，这些都是古人实际生活和生产斗争的反映。

世界各民族的文学史都是从神话开始的。中国文学史也一样。中国古代神话是中国最早的文学。当这些神话一个一个产生后，就在古人中间流传着；在流传过程中，又不断进行补充和加工。这样，神话的内容就慢慢地丰富、完整，艺术性也逐渐提高。所以，中国古代神话就出现这种情况：同一个神话在不同的时间和地方，就有不同的说法。如果说在原始社会时期，神话在流传中只是出现不同说法，那么到了阶级社会，神话就带有阶级社会的痕迹了。比如，在"女娲造人"中，就有富贵和贫贱之分。

古代神话自从产生后口头流传了很长时间，直到周代，才有一部分被人用文字记录下来，其中以《山海经》、《淮南子》等书保存得最多。从这些书的记录来看，我国古代神话是很丰富的，可是保存下来的却不多，有大量神话都失传了。主要是古代没有人专门记录，书写工具不方便，书籍又容易散失，再加上古代历史学家、哲学家把神话看成是荒唐不可信的东西，加以排斥。因此，许多神话有的失传，有的变了样子。所以，为了让青少年朋友们对中国古代神话有一个较全面的了解，我们在这本书中选录了反映各类关系的神话二十七篇。

古代神话，开辟了中国文学的源头，对后来的文学产生了广泛、深远的影响。如诗歌、词曲、寓言、散文、戏剧、小说等，都有很多作品利用古代神话作为素材或者创作内容。

但是，古代神话对后世文学的影响，主要还在于它的浪漫主义精神和创作风格。神话中那些神奇无比的想象,乐观向上的追求,朴素天真的愿望,强烈奔放的感情,开创了后世文学浪漫主义创作方法的道路,对后来的作家和文学产生了很大的影响。

古代神话具有很高的美学欣赏价值。它所展示的人类童年的英雄气概、美好品德和坚强毅力,给后人很大的鼓舞。此外,古代神话的幻想,也推动了人类智力的发展,促进了科学思想的诞生。

青少年朋友,如果说中国文学史是一本大书的话;那么,古代神话就是这本书的第一页,它将把你带入到一个神奇的世界,让你好好地欣赏里面的美丽风光。

古代神话

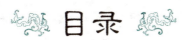

目录

古代神话

开天辟地变万物的盘古

首生盘古①，垂死化身②。气成风云③，声为雷霆④，左眼为日，右眼为月，四肢五体为四极五岳⑤，血液为江河，筋脉为地里⑥，肌肉为田土，发髭为星辰⑦，皮毛为草木，齿骨为金石⑧，精髓为珠玉⑨，汗流为雨泽⑩。

选自《绎史》卷一引《五运历年纪》⑪

讲一讲

① 首：首先、最早、开始。首生盘古：意思是"当天地分开时诞生的盘古"。传说天地未分开以前，是黑乎乎一团，形状像一个鸡蛋。盘古生在里面，大约经过一万八千年，盘古长成后，把天和地分开了。

② 垂死：指"临死"；化身：全身发生变化。

③ 气：指盘古口中呼出来的气。气成风云：意思是"盘古呼出来的气变成了风和云"。

④ 霆（tíng）：特别大的雷。意思是"盘古发出的声音变成了隆隆响的雷声"。这句话和以下各句话中的"为"字，都是"变成"的意思。

⑤ 四极：古人认为支撑大地东南西北四个方向的柱子是四极。五岳：指中国五座有名的大山，就是东边的泰山、西边的华山、南边的衡山、北边的恒山、中间的嵩（sōng）山。

⑥ 地里：大地上四通八达的道路。

⑦ 髭（zī）：胡须。星辰（chén）：星星。

⑧ 金石：指金、银、铜以及玉石等自然宝藏。

⑨ 精髓为珠玉：精髓：人身体内的精液和骨髓。珠玉，指珍珠、玉石。这句与上一句合起来指贵重值钱的东西。

⑩ 泽：雨露的意思。

⑪《五运历年纪》：它与《三五历纪》一样，都是三国时吴国人徐整写的，可惜也没有流传下来。《绎史》是清代马骕写的一本书，有一百六十卷，它也保存了许多今天见不到的古书内容，其

中就有《五运历年纪》的一部分内容。

译过来

　　天地开辟时诞生的盘古,到临死的时候,全身发生了变化。他呼出来的气变成了风和云,发出的声音变成了隆隆响的霹雷,左眼变成了太阳,右眼变成了月亮,双手双脚变成东南西北四个支撑天空的大柱子,身体的五个部位变成了中国五座有名的大山,血液变成了奔流不停的江河,筋脉变成了大地上四通八达的道路,肌肉变成了肥沃的田地,头发和胡须变成了满天的星星,皮肤汗毛变成了地上的草木,牙齿、骨头变成了金银等自然矿物,精液和骨髓变成了珍珠和玉石,流的汗水变成了滋润万物的雨露。

帮你读

　　这是一篇讲盘古开天辟地,变化万物的神话。在民间长期流传中,它成了一个成语:"开天辟地",形容开创一项伟大的事业。

　　同时,这个神话还反映了我国古代人民对于宇宙的形成有了一种朴素、幼稚的解释。从今天来看,这是有一定积极意义的。因为这种解释表现了我国古代人民开始产生了一种朴素的唯物主义思想,也就是说,他们懂得宇宙是由物质变化而来的。

　　本篇在写作上体现了神话的一个主要特点:拟人化。也就是说,按照人的样子,人的生活经历去描写自然。古人用夸张的想象,表达了他们想了解自然、解释自然的积极而美好的愿望。

古代神话

补天除害的女娲①

往古之时②，四极废③，九州裂④；天不兼覆⑤，地不周载⑥。火爁炎而不灭⑦，水浩洋而不息⑧；猛兽食颛民⑨，鸷鸟攫老弱⑩。于是女娲炼五色石以补苍天⑪，断鳌足以立四极⑫，杀黑龙以济冀州⑬，积芦灰以止淫水⑭。苍天补，四极正；淫水涸⑮，冀州平⑯；狡虫死⑰，颛民生⑱；背方州⑲，抱圆天⑳。……当此之时，禽兽虫蛇，无不匿其爪牙㉑，藏其螫毒㉒，无有攫噬之心㉓。

考其功烈㉔，上际九天㉕，下契黄垆㉖；名声被后世㉗，光晖重万物㉘。

选自《淮南子·览冥训》㉙

 讲一讲

① 女娲（wā）：神话传说中创造人类的女神。她在天和地刚分开来还没有人的时候，用黄泥创造人类。

② 往：过去，以前。往古：就是“很古很古”的意思。

③ 四极废：支撑着大地或天空东南西北四方的四根柱子塌了。

④ 九州：古人认为当时天下分为九个州。九州裂：意思是说整个大地都破裂了。

⑤ 兼：指同时进行几样事情。“兼覆”指天空宽广无边地覆盖大地万物。天不兼覆：这句话是说天空不再盖遍万物了。

⑥ 周：指普遍地，全部地。载：指装着地。“周载”指大地承载着地上万物。地不周载：大地不能装载万物了。古人认为大地好像一条大船，装着地上各种各样的东西。

⑦ 爁（lǎn）：指燃烧。炎（yán）：就是火焰的焰。爁炎：大火燃烧不停的样子。

⑧ 浩洋：泛滥的洪水浩浩荡荡不休止的样子。息：停止。

⑨ 食：吃。颛（zhuān）：善良的意思。颛民：指善良的人民。

⑩ 鸷（zhì）：凶猛的意思。鸷鸟：指老鹰之类凶猛的鸟。攫（jué）：抓取的意思。老弱：指老人和病弱的人。

⑪ 五色：指青、黄、赤（就是红）、白、黑，又叫“五彩”。以：用来，用它来补苍天。苍：指青色，也包括蓝色和绿色。苍天：古人指蓝色或青蓝色的天空。

⑫ 鼍（tuó）：是古代传说中一种爬行动物，吻短，背部、尾部有鳞甲。力大，性贪睡，穴居江河岸边。立：树立。

⑬ 黑龙：是传说中兴风作浪干坏事的龙。济：有“救助”的意思。冀（jì）州：古代传说中九州之一，在今天山西省和陕西省之间的黄河以东，河南省与山西省之间的黄河以北，以及山东省西北，河北省东南部这一带地区。

⑭ 积:堆起来。芦灰:就是芦苇(lúwěi)烧完后的灰。止:就是"堵住、塞住"的意思。淫(yín):"过多、过分"的意思。淫水:就是泛滥的洪水。

⑮ 涸(hé):干枯、干了。

⑯ 平:安定、平息。

⑰ 狡(jiǎo)虫:指害人的毒蛇猛兽。

⑱ 生:这里指经过一场灾难后重新过平静的生活。

⑲ 方州:古时候人们认为大地是四方形的,所以称大地为"方州"。背(bèi)方州:背靠着大地。

⑳ 圆天:古人认为天空是圆的,所以叫"圆天"。抱圆天,形容人们面对着天空。

㉑ 匿(nì):"收敛起来"的意思。"其"作代词用,代表上一句的"禽兽虫蛇"。爪牙:指那些禽兽虫蛇的爪子和牙齿。无不匿其爪牙:这些毒蛇猛兽收敛起它们的尖爪和利齿,不敢害人了。

㉒ 其:跟上一句的"其"字意思一样。螫(shì):又写作"蜇"(zhē),"螫毒"就是指毒刺。

㉓ 无:没有。噬(shì):有"咬、吃"的意思。

㉔ 考:指考察,这里有"追忆、回忆"的含义。其:在这句话中代表女娲。功烈:指女娲补天、治洪水、消灭毒蛇猛兽等大功劳。

㉕ 际:"接近、到达"的意思。九天,古人认为天空有好多层。这里形容很高很高的天空。

㉖ 契(qì):用刀刻。垆(lú):黑色的土。黄:"黄泉",人死后埋葬的地穴,又叫阴间。"黄垆"的意思是"黄泉之下的黑土"。

㉗ 被:传扬、流传的意思。名声被后世:意思是女娲的名声被后世传颂。

㉘ 晖（huī）：指阳光。光晖重万物：这里用来形容女娲的功劳就像太阳光辉一样照耀着大地万物。

㉙《淮南子》是西汉淮南王刘安和别人一起写的一本书，原来有五十四篇，现在流传二十一篇，它是一本包括道家、儒家、法家、阴阳五行家等各种各样观点的杂书。

很古很古的时候，支撑着天空东南西北的四根柱子倒了，使得整个大地破裂开来，天空再也不能覆盖大地，大地也不能装载万物。熊熊的大火一直不停地燃烧，滔（tāo）滔的洪水一直不停地奔流；凶猛的野兽从深山老林里跑出来伤害善良的人们，吃人的鹰和大鸟飞来飞去咬吃老人和病弱的人。看到这个样子，女娲就从山上采来五色的石子，用火来熔炼，然后拿去补在天空破裂的地方；再斩断大神鳖的四只脚，用来代替柱子树立在大地的四方，把天空支撑起来；又把兴风作浪干坏事的黑龙杀掉，救护了冀州的人民。最后把芦苇烧成灰，堆积起来堵塞住洪水。破裂的天空补上了，东南西北四根柱子立正树稳了，洪水也被堵住了，冀州一带安定了，毒蛇猛兽被杀死了，善良勤劳的人民得到新生，他们背靠着方正宽广的大地，面对着圆形高远的天空，又重新过上了平静的生活。这时候，毒蛇猛兽全都藏起了它们伤害人的爪子、牙齿和毒刺，不敢乱咬人了。回忆起女娲的这些大功劳，真是可以上到很高很高的天空宣扬，下到很深很深的地里刻碑纪念。她的事迹和名声被后代传颂着，就像太阳的光辉照耀着大地上的万事万物。

古代神话

帮你读

在古人的幻想中，女娲不仅创造了人类，她还运用自己的智慧和力量，帮助人类建立了一个平安美好的生活环境，这就是女娲补天除害的故事。

为什么创造人类和补天除害这两件大事都是一位女神做的呢？这是因为，人类社会发展有一定的规律。最初，人类有过一个母系氏族社会，也就是说，在这个社会里，女性起了很大的作用，她们采集植物，烧煮食品，看守住地，养育孩子，缝制衣服，管理一个部落社会的政治、经济、文化、组织等大事。重要的是，当时的孩子只知道自己的母亲是谁，而不清楚谁是自己的父亲。这样，孩子与母亲有很密切的关系，一切都必须由母亲来决定。所以，女性就有很大的权力和很高的威信，受到普遍的尊重。于是，现实生活中的这些现象反映到神话里，就是由女神创造并保护人类。

这个神话有一个很突出的艺术特点：神话里的想像和现实中的联系比较直接。比如，中国人皮肤黄，就想像出是用黄土造成的；天上有时出现彩色云霞，就想像出用五色石补天；人住的房屋有支柱，就想像出天也有四极，也要四根柱子支撑；等等。这些都是从实际生活中产生的想像。

发明钻木取火的燧人氏

遂明国①有大树名燧②，屈盘万顷③。后世有圣人④游日月之外⑤，至于其国⑥，息此树下⑦，有鸟啄树，灿然火出⑧。圣人感焉⑨，因用小枝钻火⑩，号燧人氏⑪。

选自《太平御览》卷七八

 讲一讲

① 遂明国：古代传说中的国家。据说在我国西边遥远的地方。

② 名：在这里当动词用，意思是"叫……名"或"名字叫做……"。燧（suì）：凿钻能发出火的树。

③ 屈（qū）：弯曲。盘：互相连结，绕在一起。屈盘万顷：意思是说这棵火树生长得高大茂盛，树枝根节互相连接，绕在一起，有一万顷田地那么宽广。

④ 后世：后代、后来。圣人：古代把那些有很高学问和本事、品德又高尚的人叫做圣人或圣贤。这里指那个发明了钻木取火的燧人氏。

⑤ 游日月之外：这句话意思是说在太阳和月亮照射不到的

地方漫游。

⑥ 至于：来到、到达。其国：指遂明国。

⑦ 息：休息、歇（xiē）一歇。此：这。这句话指来到遂明国的那位圣人在这棵大树下休息。

⑧ 啄树：指鸟用嘴叮啄树木。灿然：火光明亮。

⑨ 感：感觉、明白。焉：在这里指鸟啄树发出火花这件事，也就是说受到启发。

⑩ 因：因此、于是。钻：用一个尖的东西在另一个东西上转动，成为洞眼。这里指用一节小树枝在另一根树枝上不停地转动，由于摩擦发热冒出火花，以此就发明了钻木取火。

⑪ 号：名字叫……，叫……名。燧：古代用来摩擦或者敲打取火的东西，也就是燧石，又叫火石。燧人氏：指发明火的人。这里成为一个专用的名词。

译过来

　　古时有一个国家叫遂明国，在那里有一棵大树叫"燧"，树枝根节弯来绕去，长得又高又密，连结起来有一万顷那么大的地方。

　　后来有一个聪明、勇敢、善良的人，他在太阳和月亮照射不到的地方游玩，来到遂明国，在"燧"树下休息。他看见有鸟正在用嘴叮啄这棵大树的树身。每叮啄一下，就会发出一点火星。这个人突然受到启发，想出了人工取火的办法。于是，他用一根小树枝在另一根小树枝上不停地转动摩擦，火苗就冒出来了。从此，人类懂得用火，大地上有了光明，人们把这个发明取火的人叫做"燧人氏"。

从很早的时候开始，人类在改造自然和完善自身的进程中，不断总结经验，提高生活的本领，随着智力和体力的逐渐发达，人们逐渐学会了发明创造各种对生活和生产能带来方便和好处的东西。比如火、弓箭、农业、医药、文字等。这一篇神话就是古人解释这些对人类生产和生活有很大便利与好处的东西是怎么发明出来的。

当人类还没有掌握用火的本事前，就像动物一样，饿了，生吃植物的根、叶和果实，连毛带血生吃鸟兽肉；渴了，喝江河湖泊里的水或者天上的雨水；冷了，大家挤在一起互相取暖。到了晚上，哪儿也不能去，因为四处一片黑暗，毒蛇猛兽随时会伤害人。所以，原始人很容易生病或者吃错东西中毒。

经过长期的实践和观察，人类终于学会了取火和用火的方法。这时，情况就不一样了。有了火，人们可以把植物和鸟兽烧烤或煮熟了再吃，又香又容易消化。严寒的冬天，可以烧火取暖。晚上，可以点燃篝（gōu）火照明，吓退周围的野兽。随着本领的提高，还可以用火烧制陶器，冶（yě）炼金属，造出对生产和生活有用的东西。

人类学会使用火，是人类进化过程中很重要的一步。就像恩格斯说的："摩擦生火第一次使人支配了一种自然力，从而最终把人同动物界分开。"

发明医药的神农①

神农以赭鞭鞭百草②,尽知其平毒寒温之性③,臭味所主④,以播百谷⑤,故天下号神农也⑥。

选自《搜神记》⑦

 讲一讲

① 神农:古代神话传说里发明农业和医药的神。

② 以:在这里意思是"拿"。赭(zhě):红褐(hè)色的意思。

古代神话

"赭鞭"指红褐色的鞭子;第二个"鞭"字是动词,指鞭打。

③ 尽:完全、全部。其:指代百草。平毒寒温:指草药的药性分别是平和的、有毒的、寒的和温的四种特点。之:在这里当"的"。性:特点,性质。

④ 臭(xiù):气味,味道。主:意思是从自己本身特点出发。所:在这里作助词,意思是气味和味道怎么样,应顺着它们自己本身的特点出发。

⑤ 以:在这里是根据、来的意思。播:播种。百谷:意思是各种各样谷类。

⑥ 故:所以。天下:这里指古时候的中国。号神农:意思是称他为发明了农业的神。也:在古文中作助词,表示判断或者解释的一种语气。

⑦《搜神记》是东晋人干宝写的一本讲神奇古怪故事的书,有二十卷。

神农拿一根红褐色的鞭子去鞭打各种草,便知道各种草分别具有平和、有毒、寒的和温的四种特点。神农了解到各种草的特点后,就根据它们的这些特点,挑选了各种庄稼来播种,使庄稼生长得很好,所以人们尊敬地称他为神农。

这是一篇讲发明药草的神话,但是里边也讲到播种百谷。也就是说,神农不仅是发明医药之神,也是发明农业之神。这说

明在古代,农业和医药的关系是非常密切的,因为这两样东西都以大自然中丰富的植物资源作为发展的前提和基础,都与人类的生存和健康紧密相关。

我们可以想像一下当时的情形:

很古很古的时候,大地上长满了各种各样的植物,但是人类还不知道它们都有什么用。后来,经过无数次尝试,人类才逐渐学会区别它们的不同特点,知道哪些可以播种,生长成熟后供人类当粮食;哪些是没有用的杂草;哪些可以供人治病(也就是药草);哪些含有毒性,要小心注意,等等。

我们可以这么说,古人在一次又一次尝试和改造野生植物的漫长过程中,对于百谷(粮食)和百草(药草)的不同特点和用途差不多是同时了解到的。这是人类对自然界的又一次胜利,是人类的又一个进步。创造神话的古人认为,这些功劳都是神农一个人创造的,其实,这都是人类一代又一代集体实践努力的结果。

发明文字的仓颉①

仓帝史皇氏名颉②，姓侯冈，龙颜侈哆③，四目灵光④，实有睿德⑤，生而能书⑥……于是穷天地之变⑦，仰观奎星圆曲之势⑧，俯察龟文鸟羽山川⑨，指掌而创文字⑩，天为雨粟⑪，鬼为夜哭⑫，龙乃潜藏⑬。

选自《汉学堂丛书》辑《春秋元命苞》⑭

① 仓颉（jié）：中国古代神话传说中创造文字的神。

② 有人认为仓帝、史皇是两个人。有人认为是一个人。还有的认为他是黄帝手下一个专门负责记载历史的官员。这里我们采纳第二和第三种说法。

③ 龙颜：在古代指皇帝的相貌，有时就用来代表皇帝。这里指仓颉。侈（chǐ）哆（chě）：意思是开口张大嘴的样子。这一句形容仓颉的长相特殊。

④ 四目灵光：指仓颉长着四只眼睛，还放射出神奇的光芒。

⑤ 实有：确实有。睿（ruì）德：指天生聪明、想得深看得远的特点。

⑥ 生而能书：指仓颉一生下来就能写写画画。

⑦ 穷：极、尽，这里有"看尽"、"了解完"的意思。天地之变：天地之间的各种变化。

⑧ 仰观：抬头望。奎（kuí）星：是古人对天空上某些星群的称呼。圆曲之势：指那些星群各种形状的变化。

⑨ 俯察：低着头看。文：就是"纹"。龟文：乌龟背上那些花纹。鸟羽：鸟雀的羽毛。

⑩ 指掌：意思是说对事情的特点很了解。

⑪ 天：天空；为（wèi）：有"给、对"的意思。雨：名词当动词，含义是下或降下。粟（sù）：谷子。

⑫ 鬼：迷信的人认为是人死后的灵魂（hún）。夜哭：迷信的人认为，鬼只在晚上才出现，所以哭也就只能在晚上哭。

⑬ 潜(qiǎn)藏：隐藏，躲起来。

⑭ 这是一本清朝的书。

仓颉是黄帝的史官，姓侯冈，他长着一张很奇怪又很威风的脸，嘴巴张得大大的，四只眼睛发出神奇的光芒，他确实天生聪明，一生下来就会写写画画。于是他就仔细全面地了解天地之间的各种变化：抬头观望天上星群的各种样子，低头察看乌龟背上的花纹，以及飞鸟的羽毛形状和大山与河流的高低起伏。当他把这一切都了解清楚以后，就发明创造了文字。天空被这件事惊动了，降下了粟米，鬼在晚上发出哭泣，龙也躲起来了。

我们知道，语言在人类生活中，尤其在人和人之间的思想交流方面发挥着至关重要的作用。但是在古代，语言的传播受到时间和空间的限制，仍然有许多不便之处，这样，作为对语言的一种补充和记录工具，在不断地摸索中，产生了文字。文字的作用是非常大的，它推动人类向前迈进了一大步。

在中国，关于文字的发明有许多传说，其中流传最广的就是仓颉造字的神话。历史上是不是真的有这么一个人，今天我们还很难定。但是，神话中讲仓颉创造文字的过程，却是很符合汉字产生的实际情况。

古人最初发明汉字的时候，是从模仿自然事物和现象的实际形状，用图形绘画出来的。每一个图形代表一个意思。最初，各地创造的文字不一样，互相之间无法交流。随着古代中国的逐渐统一，到了秦代，开始统一文字。而文字本身，也逐渐复杂抽象，具有符号的作用，不再是按照实物绘画了。当然，这是一个漫长而又复杂的变化过程，我们在这里只能大概说说。

至于仓颉创造文字后引起了天、鬼、龙的反应，显得很神奇，除了表明发明文字这件事在人类进步方面确实是一件惊天动地的大事外，也是神话写作上常用的一种烘（hōng）托手法，目的是使发明文字这件事的重要性显得更突出，同时也达到敬重文字发明者——仓颉的效果。

黄帝同炎帝之间的战争①

炎帝者②,黄帝同母异父兄弟也③,各有天下之半④。黄帝行道而炎帝不听⑤,故战于涿鹿之野⑥,血流漂杵⑦。

选自《绎史》卷五引《新书》⑧

① 黄帝:古代神话传说他是中原一带各族的共同祖先。炎帝:古代神话传说他是西北一带一个姜姓部族的头领。

② 者:助词,有"……人"的意思。这句是说"炎帝这个人"。

③ 也:助词,它与上一句的"者"组成"…者,…也"这样的句子,表示一种肯定的说明。

④ 有:占有、占领。天下之半:天下的一半。

⑤ 行(xíng):推行、实行。道:这里指一种管理部族的想法、计划、方案。听:服从、赞成。

⑥ 战于:意思是"在……地方打仗"。涿(zhuō)鹿(lù):古代地名,现在是河北省的一个县。野:野外。并传说黄帝率领化装打扮成熊、狼、豹子和老虎样子的队伍在前面开路,并且举着像雕、鹖(hé)、老鹰和鸢(yuān)样子的旗帜往前冲。经过三场战斗之后,黄帝才战胜炎帝,达到自己管理国家的目的。

⑦杵（chǔ）：一头粗一头细的圆木棒。这句话意思是战争中流的血太多，把杵这类武器都漂浮起来了。

⑧《新书》：又叫《贾子》，是西汉人贾谊写的一本书，有10卷。

炎帝这个人，跟黄帝是同母异父的兄弟，他们两人各自占了半个天下。黄帝推行一种对部族、对人民有好处的管理方法，可是炎帝不赞成、不服从，于是他们两个就在涿鹿的野外打了起来，双方军队都有死伤，流的血把杵这一类武器都漂浮起来了。

这个神话反映的是原始社会中部族之间的矛盾和冲突。

根据一般的看法，人类社会分为原始社会、奴隶社会、封建社会等几个阶段。到了原始社会晚期，为了争夺财物和劳动力，为了扩大自己的领土和势力范围，部族之间不断地发生武力冲突，也就是战争。

从神话中来看，黄、炎之间的战争是很激烈的，各自都想打败对方。最后还是黄帝胜利了。一个原因是，黄帝实行了一种对部族、对人民都有好处的管理方法；另一个原因是，黄帝得到很多其他部族的拥护和支持。

尽管黄帝和炎帝发生过冲突，但他们是同母异父的兄弟，是同一个祖先的后代，所以，今天我们汉族还是习惯上自称是"炎黄子孙"，以此来表明我们是一个大家庭中的共同成员。

古代神话

黄帝同蚩尤之间的战争

蚩尤作兵伐黄帝①,黄帝乃令应龙攻之冀州之野②。应龙畜水③。蚩尤请风伯雨师④,纵大风雨⑤。黄帝乃下天女曰魃⑥,雨止⑦,遂杀蚩尤⑧。

选自《山海经·大荒北经》⑨

 讲一讲

① 蚩(chī)尤:古代神话传说中的恶神。兵:兵器。作兵:制造兵器。

② 应龙:古代神话传说中用水帮黄帝打仗的龙。据说他身

上长有翅膀,可以飞。攻之冀州之野:在冀州的原野上阻挡蚩尤的进攻。

③ 畜(xù):就是"蓄"字。这句话意思是,应龙蓄了很多水准备用来对付蚩尤。

④ 风伯雨师:古代神话传说中管刮风下雨的两位天神。

⑤ 纵(zòng):放走、放开,不约束。这里指风伯雨师打开了风袋和雨闸(zhá),让大风刮个不停,暴雨下个没完。

⑥ 黄帝乃下天女曰魃(bá):黄帝从天上把女神魃叫下来帮忙。

⑦ 雨止:风雨停止了。

⑧ 遂杀蚩尤:于是就打败了蚩尤,并把他杀了。

⑨《山海经》:是古代一本主要讲地理的书,其中有很多古代神话传说。

有一个恶神叫蚩尤,他造了兵器去攻打黄帝,黄帝就派应龙在冀州的原野上去阻挡蚩尤的进攻。应龙积蓄了很多水,准备用来对付蚩尤。可是蚩尤去请了风伯和雨师来帮忙,风伯雨师刮起大风,降下暴雨,应龙打不过。黄帝就把女神魃从天上叫下来帮忙,征服蚩尤,魃是旱灾神,她一来,雨就停止了,风也不刮了,于是,黄帝打败了蚩尤,并把他杀了。

这个神话故事描写的是黄帝和蚩尤之间的一场大战。相

传,蚩尤是古代黎族的首领,黄帝擒杀蚩尤的神话故事是我国氏族社会部族之间相互斗争的反映。

从神话来看,蚩尤的失败好像是因为他的法术和兵力比不上黄帝,可是我们再进一步分析就会发现,神话这么样描写,反映了古代人民的爱憎分明。蚩尤是侵略者,他去攻打黄帝,而黄帝部族是为了保卫自己才打仗的。因此,蚩尤失败了,黄帝胜利了。这体现了古代人民拥护正义者,反对侵略者。

另外,这个神话虚构了应龙、风伯、雨师、魃等神灵,把黄帝大战蚩尤的战争场面写得惊心动魄,十分神奇。这说明我国古代人民具有丰富的艺术想像力。

古代神话

古代神话

替人守卫的门神——神荼和郁垒

　　沧海之中①，有度朔之山②，上有大桃木③，其屈蟠三千里④，其枝间东北曰鬼门⑤，万鬼所出入也⑥。上有二神人⑦，一曰神荼⑧，一曰郁垒⑨，主阅领万鬼⑩。恶害之鬼⑪，执以苇索⑫而以食虎⑬。于是黄帝乃作礼⑭，以时驱之⑮，立大桃人⑯，门户画神荼、郁垒与虎⑰，悬苇索以御凶魅⑱。

选自《论衡·订鬼篇》引《山海经》⑲

① 沧(cāng)海：大海。因为大海的水是青绿色的，所以叫"沧海"。

② 度朔(shuò)之山：古代传说中的山名。

③ 大桃木：很大的桃树。

④ 其：指大桃树。屈蟠(pán)：指大桃树的树枝、树根弯弯曲曲盘连在一起。三千里：占了三千里的地面。

⑤ 其枝间：这棵桃树的树枝之间。东北：指树的东北方向。鬼门：迷信的人认为人死后灵魂不灭，叫做鬼。鬼门，是指鬼进出的地方。

⑥ 万鬼：指很多很多的鬼。出入：出出进进。也：助词。

⑦ 上：指鬼门。神人：指守鬼门的神。

⑧ 神荼(shén tú)：左边看守鬼门的神。

⑨ 郁垒(yù lěi)：右边看守鬼门的神。

⑩ 主：主持某一件事情或者工作；负主要责任。阅(yuè)：这里有看管的意思。领：有管领、管治的意思。

⑪ 恶(è)害：坏的，危害人的。

⑫ 执(zhí)：捉拿。苇索：用芦苇做成的绳索。以：用、拿。这句话的意思是：用芦苇制成的绳索把那些"恶害之鬼"捆起来。

⑬ 而：连词。以：拿去、用来。食(sì)：饲养、喂。而以食虎：是"而以之食虎"的省略。这句话的意思是：把这些恶害之鬼拿去喂老虎。

⑭ 于是：因此、所以。乃：才。作礼：制定一些仪式或

者活动。

⑮ 以:按照、依据。驱(qū):赶走。之:指代那些鬼。

⑯ 立:树立、立着、立下。大桃人:用桃木做成的很大的人。

⑰ 门户:门口、门板上。

⑱ 悬(xuán):挂着。以:用、拿。御(yù):抵挡、抵抗。这句话意思是:用芦苇制成的绳索挂在门口上来抵挡害人恶鬼。

⑲《论衡》:东汉人王充写的一部书。其中保存有一些古代神话传说。

 译过来

在大海之中,有一座山叫度朔山,山上有一棵很大很大的桃树,它的枝枝丫丫连接在一起,弯曲盘绕着占了三千里地。在东北方向密密麻麻的树枝之间,是鬼进出的地方,叫鬼门,许多鬼就从这里出出进进。这里有两个很厉害的神,一个叫神荼,另一个叫郁垒,他们俩就是看管各种鬼的神。那些害人的恶鬼,被用芦苇绳索捆起来,拿去喂老虎。所以,黄帝就根据这种情况,制定了一些仪式活动,到了一定的时候,就举行这些仪式,用来驱赶恶鬼。另外,还在门口树立起一个很大的桃木人,在门板上画上神荼、郁垒和老虎,再把芦苇绳索悬挂在门上,用这些东西来抵挡凶狠的恶鬼,不让它们进屋。

 帮你读

中国民间对门神一直是很信仰的,这种风俗到今天也还没有完全消失。但是对于谁是门神,却有几种不同的说法。根据

传统的说法，最早的门神是神荼和郁垒。这个神话讲的就是他们看门御鬼的故事。今天仍然有一些地区还张贴神荼、郁垒的像或者在门上写上他们的名字，用来驱鬼避邪，可见古代神话的影响是很深远的。

追赶太阳的英雄——夸父

　　夸父与日逐走①，入日②。渴欲得饮③，饮于河渭④；河渭不足⑤，北饮大泽⑥。未至⑦，道渴而死⑧。弃其杖⑨，化为邓林⑩。

选自《山海经·海外北经》

① 夸父：传说是两只耳朵穿挂着两条黄蛇，手里握着两条黄蛇的神。逐走：竞走、追赶。夸父与日逐走：夸父与太阳竞走，要追赶上太阳。

② 入日：太阳入口处。

③ 欲：想要。饮：喝。这句话是说，夸父口渴了，想喝水。

④ 河：古文专指黄河。渭：指渭河，从甘肃发源，经过陕西流入黄河。这句话是说，夸父喝黄河、渭河的水解渴。

⑤ 不足：不够。这句话是说夸父喝了黄河、渭河的水还不解渴。

⑥ 北饮：到北边去喝。大泽：指大湖。这句话是说到北边的大湖去喝。

⑦ 未至：没有走到。

⑧ 道渴而死：指夸父还没有走到大泽就在路上渴死了。

⑨ 弃：留下、遗弃。其：指夸父。杖：夸父拿的手杖。

⑩ 邓林：树林。化为邓林：变成树林。

夸父与太阳竞走，要追赶太阳。他赶到太阳的入口处，又热又渴，很想喝水，就喝黄河、渭河的水。可是喝了以后还不解渴，就到北边的大湖去喝，还没有走到大湖，就在路上渴死了。他死后遗弃的手杖就变成一片树林。

帮你读

　　夸父追赶太阳这个神话，表现了原始人要征服自然的强烈愿望和不屈不挠的意志。

　　夸父为什么要追赶太阳呢？神话中没有具体描写。有的说，他为了观测太阳；有的说，他想制服太阳；有的说，他追求一个永远放射光芒的世界；还有的说，他想跟太阳赛跑。总之，不管哪一种说法对，这里有一点是共同的：古代人已经注意到太阳对自然和人类具有很重要的影响，人们已经开始想要去了解它，利用它，甚至幻想要制服它。这个神话表现了夸父的勇敢和力量。在远古的时候，这是原始人最重要和最必须具备并得到大家称赞的一种品德。虽然夸父最终"道渴而死"倒下了，没有达到自己的目的，可是，他这种敢跟太阳争高低的精神和行动，对后代人是一种很大的激励与鼓舞。

　　这个神话在写作手法上有一个很突出的特点：夸张。在所有表现原始人与大自然斗争的神话中，可以说这是最夸张的神话之一了。耳朵上穿挂着两条蛇，手里握着两条蛇，这种奇异的形象跟别的神话对其他神的描写也差不多，这是古代神话常见的一种表现手法，倒不足为奇。让人惊奇的是，夸父竟然敢追赶太阳！这是第一个夸张；由于口渴喝干了黄河和渭河，这又是一个夸张；由于口渴喝干了黄河和渭河，这又是一个夸张；喝干黄河和渭河还不解渴，还想去喝无边无际的"大泽"，这是第三个夸张；死后遗弃的手杖能变成一片给人荫凉的树林，这是第四个夸张。

口衔木石填大海的精卫①

发鸠之山②，其上多柘木③。有鸟焉④，其状如乌⑤，文首⑥、白喙⑦、赤足⑧，名曰精卫⑨，其鸣自詨⑩。是炎帝之少女⑪，名曰女娃⑫。女娃游于东海⑬，溺而不返⑭，故为精卫⑮，常衔西山之木石，以堙于东海⑯。

选自《山海经·北次三经》

① 精卫：神鸟的名字。衔（xián）：用嘴叼着。木石：木，树枝；石，石子。

② 发鸠（jiū）之山：在今天的山西省长子县西边五十里的地方，又叫发苞山和鹿谷山。

③ 其：指发鸠山。多：数量大。柘（zhè）木：柘树，是桑树种类中的一种，也叫黄桑。

④ 焉（yān）：意思跟"于此"差不多。这句话是说，在那里（指发鸠山）有一种鸟。

⑤ 其：指前一句的鸟。状：样子，形状。乌：乌鸦。

⑥ 文：就是"纹"字，花纹的意思。首：脑袋、头。这句话的意思是，那只鸟的脑袋上有花纹。

⑦ 白喙（huì）：白色的嘴壳。

⑧ 赤足：红色的爪子。

⑨ 名曰精卫：名字叫精卫。

⑩ 自詨（xiào）：鸣叫的声音。这句话的意思是说精卫这种鸟发出的叫声就跟自己的名字一样。

⑪ 是：这，这个，指精卫鸟。这句话意思是说，精卫这种鸟，原来是炎帝的小女儿。

⑫ 名曰女娃：名字叫做女娃。

⑬ 游于东海：在东海游玩。

⑭ 溺（nì）：淹（yān）没（mò）在水里死去。而：连词。不返：没有回来。

古代神话

⑮ 为：这里有"变成、变为"的意思。

⑯ 西山：指发鸠山，因为它在海的西边。以：拿、将。堙（yīn）：填塞、堵住。

在发鸠山上生长着许多柘树，那里有一种鸟，样子像乌鸦，脑袋上有花纹，白色的嘴壳，红色的爪子，名字叫做精卫，它的叫声跟它的名字一样。这种鸟原来是炎帝的小女儿，名字叫女娃。女娃到东海游玩，不幸被淹死在海里，再也回不来了，她就变成了精卫鸟。她恨东海经常兴风作浪夺去人的生命，就飞回发鸠山，用嘴衔着树枝和石子投进东海里，要把它塞满填平。

这个神话是歌颂人类以自己弱小的力量去跟强大的自然力量作斗争。尽管失败了，可是那种勇往直前的精神永远都值得后人学习。

这是一个美丽的神话。读完它，我们会为一个可爱的少女被大海吞没而惋惜，更为一只不畏艰难的小鸟而感动：她要填平大海，不仅为了复仇，而且要使大海今后再也不能危害人类。从理智上说，小鸟和大海之间的力量对比相差太大了，它每次只能衔一根小树枝，一块小石子，什么时候才能把无边无际的大海填平啊！可是，从感情上说，小鸟这种不知疲倦的坚毅（yì）品格又是值得人们同情和赞美的。凭着这样一种精神，大海总有一天会被填平！所以，这段神话对后人有很大的影响，后代的很多诗人都写诗赞美小鸟的这种可贵的精神。

这个神话之所以美丽，还有一个原因：精卫鸟长着白的嘴，红的脚，脑袋上有好看的花纹。这体现了古代神话表现手法上的一个特点：凡是正面形象，大都是善良、可爱、美丽的。这体现了古人朴素简单的是非观。

敢于反抗的勇士——刑天

　　刑天与帝至此争神①，帝断其首②，葬之常羊之山③。乃以乳为目④、以脐为口⑤，操干戚以舞⑥。

选自《山海经·海外西经》

古代神话

① 刑天：神的名字。帝：古人想像中权力最大的神，这里指黄帝。争神：争夺神的最高权力和地位。

② 断：斩断、割断。其：指刑天。首：脑袋。

③ 葬（zàng）：埋葬。之：指刑天的脑袋。常羊之山：即常羊山。古代山名，在今天的西北地区。

④ 乃以乳（rǔ）为目：于是就把两个乳头当做两只眼睛。

⑤ 脐（qí）：肚脐。

⑥ 操：抓在手里。干（gān）：古代的盾。戚（qī）：古代一种像斧的兵器。舞（wǔ）：挥动。

刑天跟黄帝为了争夺神的最高权力和地位而争斗，黄帝斩断了刑天的脑袋，并把它埋葬在常羊山下。但他不甘屈服，就把自己胸前的两只乳头当做眼睛，把肚脐眼当做嘴巴，依然一手握斧，一手拿盾，不停地挥舞着。

"刑天"本来的意思是砍掉脑袋，在这个神话里被当做一个人物的名字。另外，根据别的古书上说，刑天是神农时代一位专门创作耕作、丰收歌曲的乐工。不管刑天具体是什么人物，有一点是很清楚的：他是一个敢于反抗天帝，敢于跟天帝争高低的勇者形象。这在中国古代神话中还是不多见的,因此也是很有意义的。意义在于:死亡并不宣告斗争的意志被推垮,只要还有可能,就要勇敢地继续斗争下去。这是一种很可贵的精神。

这个神话在艺术上有一个明显的特点:想像神奇,给人一种勇敢、顽强、鼓舞斗志的感觉。砍去了脑袋,当然生命就完结了。"以乳为目","以脐为口",在实际生活中根本不可能,更不用说手里还挥动盾和斧去跟天帝继续斗争了。但是,神话将不可能变为可能,来宣扬宁死不屈,敢于抗争的可贵精神。

古代神话

用脑袋撞倒不周山的共工

昔者共工与颛顼争为帝①,怒而触不周之山②,天柱折③,地维绝④。天倾西北⑤,故日月星辰移焉⑥;地不满东南⑦,故水潦尘埃归焉⑧。

选自《淮南子·天文训》

颛顼像

① 昔者:从前、过去,这里可以理解为古时候。共(gōng)工:古代神话传说中的神。颛顼(zhuān xū):传说中的上古帝王。争:争夺、争做。帝:天帝,也就是权力最大的神。

② 怒:气愤、愤怒。而:连词。触(chù):撞(zhuàng)、碰。不周之山:是古代山名。据说在昆仑山的西北。

③ 天柱:古人认为天空是靠四根大柱子支撑起来的,东南西北各有一根。不周山在西边,可能就是其中之一。折(shé):断。

④ 地维:大地的四个角,古人认为大地是靠四个角维系(xì)连接起来的。"维"字在古代等于"隅"(yú)字,意思指角、角落。绝:这里指断的意思。

⑤ 天倾(qīng)西北:天空向西北方向歪斜(xié)下去。

⑥ 故:所以、因此。移:移动、改变。焉(yān):意思是"……到这里"。

⑦ 地不满东南:指大地的一角断了以后,东南方向地面沉陷下去了。

⑧ 水:指江水、河水等。潦(lǎo):同"涝"字,指水过多。尘埃:尘土泥沙等,意思指地面上的各种东西。

古时候,共工同颛顼争着当天帝。共工愤怒地一头向不周山撞去,把不周山撞倒了。由于这根支撑着天空的大柱子断了,大地的一个角也因此塌(tā)陷下去。从此以后,天空向西北方向歪斜，所以太阳、月亮和星星都移到那里；大地往东南方向塌陷下去，江、河、湖、泊（pō）的水也都向东南方向流去。

 帮你读

　　古人在长期的生活中，常常仰望天空，逐渐发现日月出没、斗转星移都有一定的规律，又发现他们生活的大地上河流都由西向东流淌。他们便幻想是神的力量在支配着自然万物。本篇便是古人用共工和颛顼争做天帝的神话来解释他们观察到的天文和地理现象。

　　在这个神话中，对斗争的场面、气氛描写得很生动，有声有色，使人读了以后有一种亲临其境的感觉。这是一种高超的写作手法。

古代神话

为民除害的夷羿

尧之时①，十日并出②，焦禾稼③，杀草木④，而民无所食⑤。猰貐⑥、凿齿⑦、九婴⑧、大风⑨、封豨⑩、脩蛇⑪，皆为民害⑫。尧乃使羿诛凿齿于畴华之野⑬，杀九婴于凶水之上⑭，缴大风于青丘之泽⑮，上射十日而下杀猰貐⑯，断脩蛇于洞庭⑰，禽封豨于桑林⑱，万民皆喜⑲，置尧以为天子⑳。于是天下广狭㉑、险易㉒、远近㉓，始有道里㉔。

选自《淮南子·本经训》

 讲一讲

① 尧（yáo）：古代神话传说中的帝王。尧之时：在尧做帝王的时代。

② 十日并出：指十个太阳一起出现在天空。

③ 焦：指把东西晒焦，烧焦。禾稼：指禾苗、稻谷。

④ 杀草木：指太阳晒死了地上的草木。

⑤ 而民无所食：老百姓没有东西吃。

⑥ 猰（yà）貐（yǔ）：古代神话传说中一种叫声像小孩的龙头虎爪的吃人怪兽。

⑦ 凿（záo）齿：古代神话传说中一种样子像人、牙齿像凿子的怪兽。

⑧ 九婴（yīng）：古代神话传说中一种有九个脑袋，口里能喷（pēn）水吐火的怪兽。

⑨ 大风：古代神话传说中一种飞行时能引起飓风的大鸟。有的古书说是大鹏；有的说是凤。

⑩ 封豨（xī）：古代神话传说中的大野猪。

⑪ 脩（xiū）蛇：长蛇。古代传说它能一口吞下一头大象。脩：长，高。

⑫ 皆为民害：指以上这些怪兽全都对老百姓造成危害。

⑬ 尧乃使羿：尧帝于是就派羿。诛（zhū）：杀掉。畴（chóu）华：古代南方的一个大湖。这句话是说，尧派羿到南方畴华的野外去杀掉那只叫做凿齿的怪兽。

⑭ 凶水：古代传说中在北方的一条河流的名字。这句话是说，羿又到北方的凶水去杀掉那只有九个脑袋的怪兽。

⑮ 缴（zhuó）：古代一种系在箭上的丝绳，用来射鸟。青丘：古代传说中东方一个地名。这句话是说，羿用带有丝绳的箭把大风射落在青丘的水里。泽：河流、湖泊。

⑯ 上射十日：拉弓向天上同时出现的十个太阳射去，据有的古代传说讲，羿射掉了九个太阳，留下一个太阳，由此得来"后羿射日"的成语。后羿就是羿，也称夷羿。而，连词，起转折作用。下杀：这是同"上射"这个词相对而言，在古文的写法上叫做"对仗"。

⑰ 断：斩断，也就是杀掉。洞庭：指湖南省的洞庭湖。

⑱ 禽(qín)：同"擒"字，捉拿的意思。桑林：古代神话传说中的地名。

⑲ 万民皆喜：天下老百姓全都很高兴。

⑳ 置(zhì)：安置，设立，这里指老百姓拥护，推选的意思。以为天子：意思是推选，拥护尧当全国的最高统治者——天子，也就是帝王。

㉑ 广狭：宽广和狭窄。这句话和以下三句都指道路的距离和情况。

㉒ 险易：险阻和平坦。

㉓ 远近：远的和近的。

㉔ 始有：开始有。道里：指道路和里程。这句话的意思是，除掉那些害人的怪兽以后，天下太平了，老百姓可以互相来往了，所以修建了道路，可以计算里程了。

译过来

在尧当帝王的时候，十个火热的太阳同时出现在天空上；晒焦了禾苗稻谷，烤死了花草树木，老百姓都没有东西吃了。长着龙的脑袋，老虎的爪子，叫声像小孩子的猰貐，牙齿长长，像一把凿子的凿齿，有九个脑袋，口里能喷水吐火的九婴，飞行时能刮起飓风的大风，吃人的大野猪，能一口吞下一头大象的长蛇，全都四处乱跑伤害老百姓。

尧于是就派羿去南方，把凿齿杀死在畴华的野外。然后去北方，把九婴杀死在凶水。再去东方，把大风射落在青丘的水边。接着，羿拉弓搭箭，把天空上同时出现的十个太阳射掉了九个，转过来又去杀掉猰貐并且在洞庭湖斩断了长蛇，在桑林捉住了野猪。羿把这些伤害人的怪兽全都除掉之后，天下的老百姓都很高兴，一致推选尧做全国最高统治者——天子。从此以后，大地上不论是宽广还是狭窄，是险阻还是平坦，是远还是近，全都开辟了道路，人们可以你来我往了。

帮你读

　　这个神话间接地、曲折地反映了原始社会的现实。神话中提到的自然灾害和凶禽恶兽，都是古代人民经常斗争的对象。羿，就集中代表了古代人民在斗争中显示的智慧和力量。他不仅射杀了各种危害人类的怪物、怪兽、怪鸟，还射落了"多余的"九个太阳。他完全是一个为民除害，又勇敢又聪明的英雄。

　　此外，这个神话还反映了古代人类不怕困难，勇于跟自然作斗争，而且也相信一定能够战胜各种灾难的乐观主义精神。

　　在表现手法上，这个神话头尾都交代得很清楚，内容比较丰富，层次也很分明。

挖山不止的愚公

太形、王屋二山①，方七百里②，高万仞③，本在冀州之南④，河阳之北⑤。

北山愚公者⑥，年且九十⑦，面山而居⑧。惩山北之塞⑨，出入之迂也⑩，聚室而谋曰⑪："吾与汝毕力平险⑫，指通豫南⑬，达于汉阴⑭，可乎？⑮"杂然相许⑯。

其妻献疑曰⑰："以君之力⑱，曾不能损魁父之丘⑲，如太形、王屋何⑳？——且焉置土石㉑？"

杂曰："投诸渤海之尾㉒，隐土之北㉓。"

遂率子孙㉔，荷担者三夫㉕，叩石垦壤㉖，箕畚运于渤海之尾㉗。邻人京城氏之孀妻㉘，有遗男㉙，始龀㉚，跳往助之㉛。寒暑易节㉜，始一反焉㉝。

河曲智叟笑而止之㉞，曰："甚矣㉟，汝之不惠㊱！以残年余力㊲，曾不能毁山之一毛㊳，其如土石何㊴！"

北山愚公长息曰㊵："汝心之固㊶，固不可彻㊷，曾不若孀妻弱子㊸。虽我之死㊹，有子存焉㊺，子又生孙，孙又生子，子又有子，子又有孙，子子孙孙，无穷匮也㊻，而山不加增㊼，何苦而不平㊽？"河曲智叟亡以应㊾。

操蛇之神闻之㊿，惧其不已也(51)，告之于帝(52)。帝感其诚(53)，命夸蛾氏二子负二山(54)，一厝朔东(55)，一厝雍南(56)。自此(57)，冀之南(58)，汉之阴(59)，无陇断焉(60)。

选自《列子·汤问篇》(61)

讲一讲

① 太形：也就是太行山。形（xíng）：是"行"（xíng）字的古代写法。"行（xíng）走"的"行"，古代念"行"（háng）。太行（háng）山，古代叫"太行（xíng）山"，所以，也就写成"太形"山。王屋：古代山名。

② 方：指方圆，意思是太形、王屋这两座山的面积，共有七百里。

③ 仞（rèn）：古代的长度单位，一仞等于今天的八尺或七尺。万仞：相当于万丈，形容很高很高。

④ 本：本来，原来。冀州：古代地名，在今天河南省一带。

⑤ 河阳：古代地名，也在今河南省地区。

⑥ 北山愚（yú）公者：有个住在北山叫愚公的人。

⑦ 年：年纪、年龄。且：将近、将要。这句话指愚公将近九十岁了。

⑧ 面山而居：指愚公住的地方正面对着这两座大山。

⑨ 惩（chéng）：苦于。山北：指愚公住在山的北边。塞：堵，阻。指两座大山挡住愚公一家人出入的路。

⑩ 迂（yū）：指走路要绕个弯。出入之迂也：意思是愚公一家人出出进进要绕过这两座大山，很不方便。

⑪ 聚室：召集全家人在一起。谋：商量、计议。

⑫ 吾（wú）：我、我们。汝（rǔ）：你、你们。毕力：全力，尽最大努力。平险：挖平这两座大山。

⑬ 指通：打通、直通到。豫（yù）：古代河南的简称。古代叫豫州。

⑭ 达于：到达、直达。汉：指汉水，在今天陕西、湖北省境内。阴：指水的南面。汉阴：就是汉水南面。

⑮ 可乎：可以吗、行吗。意思是问大家同意不同意。

⑯ 杂：有先有后，不齐。相许：同意、赞成。这句话意思是一家人都同意愚公提出的建议。

⑰ 其妻：指愚公的妻子。献疑：提出疑问。

⑱ 君：古代对人的一种尊敬的称呼，这里指代愚公。以君之力：这句话的意思是，按照您这么一点力量。

⑲ 曾不能损魁父之丘：曾不能：都不能。损：损耗，减少。此处指挖土。魁（kuí）父：小山的名。丘（qiū）：小土山。意思是挖掉魁父这座小土山都不可能。

⑳ 如太形、王屋何:"如……何"这种句子,在古文中有时又有"奈……何"的意思,也就是"能怎么样"。这句话意思是愚公连魁父这座小土山都不可能挖掉,又能把太形、王屋这两座大山怎么样。

㉑ 且:而且、并且。焉(yān):哪里。置土石:安置挖掉的泥土和石头。

㉒ 投诸:扔那些泥土和石头到……。诸:相当"之于"的意思。这里的"之"指"泥土和石头"。渤(bó)海:古代地名。渤海之尾:渤海海边。这句话意思是,把挖掉的泥土和石头都扔到渤海的海边。

㉓ 隐(yǐn)土:古代地名。这句话意思同上一句。

㉔ 遂(suì):于是、就。率(shuài):带领。

㉕ 荷(hè):背、扛。荷担者:挑担子的人。三夫:三个成年的男子。

㉖ 叩(kòu):敲打。垦(kěn):挖。壤(rǎng):泥土。

㉗ 箕(jī):装垃圾的东西。畚(běn):古代用草绳做成,后来改用竹片编,可以装东西,也就是今天所说的簸箕。这句话是说,敲挖的石头泥土,用畚箕运到渤海边。

㉘ 邻人:邻居。孀(shuāng)妻:死去丈夫的妇女,也就是寡(guǎ)妇。

㉙ 遗男:遗腹子,也就是父亲死后出生的孩子。

㉚ 龀(chèn):指儿童换牙齿,也就是脱掉乳齿,长出恒齿。所以又用来指七岁左右的儿童。

㉛ 跳往助之:小孩子跳跃着去帮忙挖山。

㉜ 寒暑:冬天和夏天。易:变换、变化。节:指季节。这句话

指春夏秋冬四季的变化,意思是一年。

　　㉝ 始:意思跟"才"相近。一反:一个来回。反:"返"字的古代写法。焉:在这里没有实际含义。

　　㉞ 河曲智叟:住在河曲叫智叟的人。叟(sǒu):老年男人。止:劝阻。之:指愚公以及他要挖山的做法。

　　㉟ 甚:太、过分。矣(yǐ):表示感叹,加强前面的语气。

　　㊱ 惠(huì):就是"慧"字,智慧。这句话意思是说愚公太笨,太糊涂。

　　㊲ 残年余力:形容愚公的年纪太大了,精力也不够了。

　　㊳ 曾不能毁山之一毛:这句话跟"曾不能损魁父之丘"的意思一样。山之一毛:指山的一根毫毛。

　　㊴ 其如……何:这种句子表示一种反问或者怀疑的语气。这句话意思是,你又能把这两座大山的泥土和石头怎么样?

　　㊵ 长息:长长地叹了一口气。

　　㊶ 固:顽固。

　　㊷ 彻(chè):指通达,也就是通情达理。

　　㊸ 曾不若:都不如,还比不上。孀妻弱子:指那个寡妇和她的儿子。

　　㊹ 虽我之死:虽然我死了。

　　㊺ 有子存焉:还有儿子在。

　　㊻ 子又生孙,孙又生子……:这几句话意思是子子孙孙,一代传一代。无穷匮(kuì)也:没有尽头。

　　㊼ 而山不加增:山不会再增高加大。

　　㊽ 何苦而不平:有什么可担心挖不平。这里愚公用一种反问的语气表示自己坚信可以挖平。

㊾ 亡（wú）：古代意思同“无”字，指没有。应：回答，回应。无以应：没有什么话来回答，无话可说。

㊿ 操：握着、拿着。闻之：听见、听说。

(51) 惧：担心、害怕。其：指愚公。不已：不停。也：语气词。这句话意思是，担心愚公不停地挖下去，会把山挖平了。

(52) 告之于帝：向天帝报告这件事。

(53) 帝感其诚：天帝被愚公这种精神感动了。

(54) 命夸蛾氏二子负二山：派夸蛾氏的两个儿子把太形、王屋这两座山背起来。负：背。

(55) 厝（cuò）：安放、放置。朔：朔州，古代地名，在今天山西省朔县。

(56) 雍（yōng）：雍州，古代地名，在今天陕西省北部和甘肃省西北部。

(57) 自此：从此以后，从此开始。

(58) 冀之南：冀州的南边。

(59) 汉之阴：汉水的南面。

(60) 陇断：垄断，古代指高但是又没有连起来的土墩，也就是丘陵，小山丘。焉：在这句话中意思是“在这里”。

(61)《列子》：传说是战国时一位名叫列御寇写的书，里边搜集了许多神话传说、民间故事和寓言。

译过来

太形和王屋这两座大山，方圆面积有七百里，高万丈，本来在冀州的南边，河阳的北边。

　　有个住在北山叫愚公的人，年纪将近九十岁了，他住的地方正好面对着这两座大山。这两座山挡住了北边的路，一家人出出进进要绕弯走，很不方便，愚公很苦恼，就把全家人召集在一起商量办法。愚公说："我和你们尽最大的努力挖掉这两座大山，把道路一直通到豫州的南边和汉水的南岸去，你们同意吗？"全家人都同意按愚公提出的办法去做。

　　愚公的妻子却提出疑问："你年纪这么大了，光靠你这么一点力量，连魁父这座小土山都不可能挖掉，你还能把太形和王屋这两座大山怎么样？——而且，就算你挖了，那么挖掉的泥土和石头你又放到哪里去？"

　　这时大家七嘴八舌地说："挖掉的土石可以扔到渤海海滨和隐土的北边去！"

　　于是，愚公就带领他的儿子和孙子，三个能挑担子的成年男子，敲打石头，开挖泥土，并用畚箕装着运到渤海海滨去。愚公邻居京城氏的寡妇，有一个父亲死后才出生的小男孩，7岁左右，蹦蹦跳跳地跑去给愚公他们帮忙。冬去春来，过了一年，愚公他们把挖下来的泥土石头运到渤海倒掉，才走了一个来回。

　　有个住在河曲名叫智叟的看他们这样做，就笑着跑来对愚公说："嗨！你真是老糊涂啊！像你年纪这么大，精力也不足了，连山的一根毫毛都动不了，你又能把这两座大山的泥土和石头怎么样？"

　　北山愚公听完这话，长长地叹了一口气说："你的心可真顽固呵，顽固到了不通情达理的程度，我看你连寡妇和小孩子都不如。虽然我会死去，可是我还有儿子在；儿子会有孙子，孙子又会有儿子，孙子的儿子又会有儿子，他的儿子又会有孙子，子子孙孙，一代一代传下去，没有尽头，可是那山却不再增高，有什么可担心会挖不平呢？"河曲智叟听完愚公这么说之后，竟然被问得答不出一句话来。

天上一个手里握着蛇的神正好听见愚公和智叟说的这段话，他担心愚公真的这么不停地挖下去，就赶忙跑去报告天帝，天帝被愚公这种精神感动了，就派夸蛾氏的两个儿子把这两座山背走，一座安放在朔东，另一座安放在雍南。从此以后，冀州南边到汉水以南，再没有高山挡路了。

这是一篇写人改造大自然的神话。这个故事带有明显的教育意义，也可视为一篇寓言。

本文写得很富于生活气氛，读起来会觉得与里边的人物很接近，很亲切。尤其是写对话，写得有声有色，读来栩栩（xǔ）如生。另外，这个神话情节丰富，引人入胜，前因后果交代得清清楚楚。

可是，我们应该注意到，这个神话更吸引人的地方还在于愚公一家人改造大自然的顽强决心和持之以恒的坚强毅力。从这种要征服大自然的信念，以及要一代接一代地挖山的决心中，我们就可以感觉到一种积极的乐观主义精神，这正是我们中华民族吃苦耐劳、坚韧顽强精神的一种表现。

古代神话

鲧、禹父子治洪水

洪水滔天①，鲧窃帝之息壤以堙洪水②，不待帝命③。帝令祝融杀鲧于羽郊④。鲧复生禹⑤。帝乃命禹卒布土⑥以定九州⑦。

选自《山海经·海内经》

古代神话

讲一讲

① 洪水滔(tāo)天：指大水滚滚，无边无际，好像要涨到天上去一样。

② 鲧(gǔn)：古代神话传说中治理洪水的英雄禹(yǔ)的父亲，也参加过治洪水。帝：指天帝。之：的。息：生长、繁(fán)殖(zhí)，意思是不停地生长。壤(rǎng)：土、土壤。以：用来、拿去。埋(yīn)：堵塞、拿……东西去填。这句话意思是，鲧偷了天帝的一块能够自己不停生长的土壤去堵塞泛滥成灾的洪水。

③ 不待：没有得到。帝命：天帝的命令。指鲧没有经过天帝同意。

④ 帝令：天帝命令，指派。祝融(róng)：古代神话传说中的火神。羽郊：羽山的郊外。羽山是古代山名，在今山东省一带。这句话指天帝命令火神祝融将鲧杀死在羽山的郊外。

⑤ 复(fù)：就是"腹"字，肚子的意思。这句话意思是，鲧的肚子里生出了禹。

⑥ 帝乃命禹：于是，天帝就派禹。卒：最后，终于。布：分布、散布。土：指息壤。

⑦ 以定九州：把息壤散布开，平定全国各地的水灾。九州：有的古书认为中国古代有九个区域，指全国各地。

译过来

洪水泛滥不停地涨，差不多要涨到天上。鲧不忍心看到大地被洪水淹没，没有得到天帝的同意，就偷了天帝的一种叫息壤

古代神话

的能够不停地生长的土,拿去堵塞洪水。天帝知道后很生气,就命令火神祝融把鲧杀死在羽山的郊外。这时,从鲧的肚子里生出了他的儿子——禹。于是,天帝就派禹把息壤分撒在各地,平定了全国各地的水灾。

在上古时期,洪水对农业生产和人民生活的危害最大,所以世界各国的古代文明中几乎都有关于洪水的神话传说。"鲧、禹治水"的神话突出了鲧的英雄主义精神。鲧为了拯救人民,不计个人生死,敢于触犯天庭,这种大无畏精神是十分可贵的;更为可贵的是,鲧死不瞑目,仍惦记着自己的理想还未实现,人民还生活在水灾的苦难之中,他的精神力量化为禹,继承并实现了他的遗愿。鲧与禹前赴后继,百折不挠,敢于抗争的精神是可歌可泣的,正因如此,鲧、禹治水的神话才会流传至今,被后人反复传唱。

神话描写治水过程比较具体,我们可以从中了解到,鲧、禹在治水方法上是不同的。鲧用堵塞的办法,结果失败了,而禹呢,采用了疏导的办法,使治水取得成功。这反映了古代人们在同自然灾害作斗争中,已经懂得不断总结经验,利用自然规律来工作,体现了人类智慧在增长,本领在提高。

古代神话

黄河鲤鱼跳龙门

龙门山①,在河东界②。禹凿山断门,一里余③,黄河自中流下④,两岸不通车马⑤。每岁季春⑥,有黄鲤鱼,自海及诸川⑦,争来赴之⑧,一岁中⑨,登龙门者⑩,不过七十二⑪。初登龙门⑫,即有云雨随之⑬,天火自后烧其尾⑭,乃化为龙矣⑮。

《太平广记》卷四六六引自《三秦记》⑯

讲一讲

① 龙门山:在今天的山西省河津县西北及陕西省韩城县东北。跨黄河两岸。上有禹王庙。

② 河东:秦汉时郡名。河东界:在河东的地界范围内。

③ 凿(záo):挖通、打洞。断门:指禹把龙门山劈开像两扇门的样子。一里余:宽度有一里路左右。

④ 黄河自中流下:黄河从劈开的地方流过去。

⑤ 两岸不通车马:指黄河一路流下来的水很急很大,两岸的道路都被淹没了,车马无法通行。

⑥ 每岁:每年。季:指一个季度三个月中最后一个月。季

春：也叫暮（mù）春，是农历的三月份。

⑦ 诸：许多、各。这句话意思是，从海洋和各条江河。

⑧ 赴（fù）：到…去。之：指龙门。

⑨ 一岁中：一年之中。

⑩ 登：指跳跃。这句话是指跳过龙门的鲤鱼。

⑪ 不过七十二：没有超过七十二尾鲤鱼。也就是说，只有七十二尾鲤龙跳过龙门。

⑫ 初登龙门：刚跳过龙门时。

⑬ 即有云雨随之：就有云和雨跟随着，意思是鲤龙一跳过龙门，就引起满天的云和雨。

⑭ 天火：自然界中因为某种原因自然燃烧起来的火。古代人迷信地认为是老天爷烧的火。自后烧其尾：指火从后边烧鲤鱼的尾巴。

⑮ 乃：于是。化为龙矣：变成龙了。

⑯《太平广记》：宋代人李昉等人编辑的一本古代小说总集。有五百卷，按性质分成九十二大类，反映出唐代贵族以至平民的生活、风俗习惯等方面的情况，对研究古代小说和民俗很有价值，实为一大文学宝库。

译过来

　　龙门山，在河东的地界范围内。禹治洪水时，把龙门山从中间凿断劈开，像两扇门的样子，宽有一里多长。黄河水从山中间断开的地方流过去，水又急又大，两岸的车马都无法通行。一到每年农历三月的春末时节，就有很多黄鲤鱼，从海洋和各条江河争着游到龙门山，跳跃龙门。在一年之中，能够跳过龙门去的黄鲤鱼，只有七十二尾。这些黄鲤鱼刚跳龙门时，有满天的云和雨跟随它们，天火从后面烧它们的尾巴。被烧过尾巴的黄鲤鱼就变成龙了。

帮你读

　　鲤鱼跳龙门的故事在民间流传很广，已成为一句俗语。今天，它已被作家改编成童话故事，被艺术家设计成雕塑、邮票、动画片等，深受人们的喜爱。它比喻人具有积极向上、力争上游的精神，哪怕竞争激烈，也敢于争先。经过一番艰苦的努力，终于超越自我、击败对手，获得了巨大的成功。

帝喾让凤鸟跳舞

　　帝喾命咸黑作为声歌①，有倕作为鼙②、鼓、钟、磬③、苓④、管⑤、埙⑥、篪⑦、鼗⑧、椎钟⑨。帝喾乃令人抃⑩，或鼓鼙⑪，击钟磬⑫，吹苓，展管篪⑬，因令凤鸟天翟舞之⑭。

选自《吕氏春秋·古乐篇》⑮

① 帝喾(kù)："喾"字也写做"俈"，是古代传说中的部族首领。咸黑：古代传说中创作歌曲的乐师。作为：这里指创作、谱曲。声歌：乐曲。

② 有倕(chuí)：古代传说中制造乐器的工匠。作为：这里指制造。鼙(pí)：古代军队中用的一种小鼓。

③ 磬(qìng)：古代一种打击乐器，一般用玉或石制成。

④ 苓(líng)：据说就是笙(shēng)。

⑤ 管：古代用竹子或木制成的一种乐器，又叫觱(bì)篥(lì)、筚篥、悲栗等。属于簧管乐器，有八个孔(前七后一)，管口插有芦苇杆做的哨子。

⑥ 埙(xūn)：古代一种用泥土制作后烧成陶质的乐器，所以又叫陶埙。也有用石、骨或者象牙制成的。样子有球形、椭圆形等几种，一般开有六个音孔。

⑦ 篪(chí)：古代一种用竹子制成的乐器，横吹，有点像笛子。

⑧ 鼗(táo)：古代一种有柄的小鼓，类似于今天的拨浪鼓。

⑨ 椎(chuí)钟：古代一种用椎敲打发出音响的大钟，也是一种乐器。

⑩ 抃(biàn)：鼓掌。这句话意思是，帝喾于是就叫人在一旁鼓掌助兴。

⑪ 或：指有的人。鼓：这里当动词用，指敲打。鼓鼙：敲打鼙。

⑫ 击钟磬：打击钟和磬。

⑬ 展：展开、放开、舒展。这里的意思是吹奏。

⑭ 因：依据、因此。凤鸟：古代传说中一种鸟的名字，又叫凤

凰。天翟（dí）：一种尾巴长的野鸡。舞之：指凤鸟、天翟跟着那些乐器演奏出来的乐曲跳舞。

⑮《吕氏春秋》：又叫《吕览》，由战国时秦国宰相吕不韦和他的一些朋友共同编写的一本书，共有二十六卷，一百六十篇文章。书中汇合了当时各派学说，为秦国统一天下，治理国家提供了思想武器。书中保存了很多古代神话传说。

帝喾让乐师咸黑创作乐曲，让工匠有倕制造鼙、鼓、钟、磬、苓、管、埙、篪、鞀、椎钟等各种乐器。等乐曲谱写出来，乐器也做好之后，帝喾就把人们召集在一起，让一些人在一旁鼓掌，另一些人敲小鼓，或者打击钟磬，吹奏苓、管和篪。然后，又让凤鸟和天翟伴随着这些乐曲跳舞。

在神话故事中，不仅仅有人与自然的斗争、人与人的冲突、人能够上天入地的本事等，还有唱歌、跳舞、做游戏等娱乐内容。这个神话讲的就是后一种内容。

从前面来看，这不像神话，而是真实生活中的事。可是从最后一句"因令凤鸟天翟舞之"来看，就完全是神话的样子了。神话本来是古人根据现实生活的样子加以幻想创作出来的，神话像真实的生活是不奇怪的。帝喾本来是一个神话人物，在他举办的"音乐会"中又有凤鸟、天翟伴随乐曲跳舞，可以说，这个神话从内容和写作风格上都与别的神话不同，它是一个轻松愉快的娱乐神话。

教人耕种的农艺师——后稷

古代神话

周后稷①，名弃②，其母有邰氏女③，曰姜原④，姜原为帝喾元妃⑤。姜原出野⑥，见巨人迹⑦，心忻然悦⑧，欲践之⑨。践之而身动⑩，如孕者⑪。居期而生子⑫，以为不祥⑬，弃之隘巷⑭，马牛过者⑮，皆辟不践⑯。徙置之林中⑰，适会山林多人⑱。迁之⑲，而弃渠中冰上⑳，飞鸟以其翼覆荐之㉑。姜原以为神㉒，遂收养长之㉓。初欲弃之㉔，因名曰弃㉕。弃为儿时㉖，屹如巨人之志㉗。其游戏㉘，好种树麻㉙、菽㉚，麻、菽美㉛。及为成人㉜，遂好耕农㉝。相地之宜㉞，宜谷者稼穑焉㉟。民皆法则之㊱。帝尧闻之㊲，举弃为农师㊳，天下得其利㊴，有功㊵。帝舜曰㊶："弃，黎民始饥㊷，尔后稷播时百谷㊸。"封弃于邰㊹，号曰后稷㊺，别姓姬氏㊻。

选自《史记·周本纪》

 讲一讲

① 周：古代一个民族的名称。后稷（jì）：古代神话传说中教人们耕种的人。

② 名弃（qì）：名字叫做弃。

③ 其母：弃的母亲。有邰（tái）氏女：有邰是古代地名，在今陕西省武功县境内。在古代，凡是世世代代居住在某个地方的人就以那里的地名作为自己氏族的名称。弃的母亲原来是有邰氏族的姑娘，所以叫"有邰氏"。

④ 曰姜原：叫做姜原。有的书把"原"字写做"嫄"。

⑤ 为：是。元：第一、最早、原配。元妃：指帝王或者大官员的第一个妻子。

⑥ 出野：到野外去。

⑦ 迹：足迹、脚印。这里指大脚印。

⑧ 忻（xīn）：同"欣"字，高兴、欢喜。悦：愉快、高兴。心忻然悦：意思指心里觉得高兴愉快。

⑨ 欲：想、打算。践（jiàn）：用脚踩、踏。之：指那个大脚印。

⑩ 而：连词。身动：身体感觉受到了触动。

⑪ 如：如同、好像。如孕者：好像怀孕一样。

⑫ 居期：当期，到期。生子：生下子女。这里指儿子。

⑬ 不祥：不吉利。

⑭ 弃：丢掉、丢弃。隘（ài）：狭小、窄。巷（xiàng）：狭窄的街。这句话的意思是：把生下的孩子丢在一条狭窄的巷子里。

⑮ 马牛过者：马、牛等从这条巷子走过。

⑯ 皆：全部、都。辟：同"避"字，指避开、躲避。不践：不踩、不踏。

⑰ 徙（xǐ）：迁移，意思是搬到另一个地方。置之林中：把刚生下的孩子丢到山林中。

⑱ 适：恰好、正巧。会：正好碰上。山林多人：山林里有很多人。

⑲ 迁（qiān）之：转移。

⑳ 而：连词。渠（qú）：人工挖成的水沟。这句话指：把刚生下的孩子又丢在水渠里结的冰上。

㉑ 翼（yì）：鸟的翅膀。覆（fù）：盖着。荐（jiàn）：垫子。这句话意思是：飞鸟用翅膀给那孩子垫在冰上，并覆盖着他的身体。

㉒ 以为神：觉得奇怪、惊异。

㉓ 遂：于是。收养长（zhǎng）之：收留下来，抚养他，使他长大成人。

㉔ 初：最初、开始的时候。欲弃之：打算丢掉他。

㉕ 因：因此，所以。名曰弃：起名叫做弃。

㉖ 弃为儿时：弃还是小孩子的时候。

㉗ 屹（yì）：山峰高高挺立的样子。这里指弃胸怀大志。巨人：大人物、有理想的人。

㉘ 其：指弃。游戏：儿童的玩耍活动。

㉙ 好（hào）：喜欢。种（zhòng）树：种植栽（zāi）培。麻：是大麻、亚麻等植物的总称。

㉚ 菽（shū）：是大豆、黄豆等豆类的总称。

㉛ 美：美观，这里形容弃种的麻、豆等生长得很好。

㉜ 及：到了、达到。为成人：长大为一个成年人。

㉝ 遂（suì）：就。好（hào）：喜爱。耕农：耕田、种庄稼。

㉞ 相（xiàng）：察看、判断。宜：合适。这句话意思是：察看一下土地适合于种什么。

㉟ 宜谷者：适合于种谷子的土地。稼（jià）：种植谷子等农作物。穑（sè）：收割农作物。焉：…于此。这句话意思是：适合于种谷类作物的土地，就种上谷物，将来收获谷物。

㊱ 民：老百姓、人民。皆：全都、全部。法则：学样子，按照办法。

㊲ 帝尧：古代神话传说中的帝王，叫尧。闻之：听说了这件事。

㊳ 举：推举、选拔。在这里有"任命"的意思。为农师：任命弃当农业生产方面的官，或者是老师、专家、能手等。

㊴ 天下：全国各地、普天之下。得：获得、得到。利：利益、好处。这句话指天下的人们跟着弃学习耕种，获得了利益。

㊵ 功：成效、好的结果。

㊶ 帝舜（shùn）：古代神话传说中接替尧做了帝王的人。

㊷ 黎（lí）民：老百姓、人民大众。始：开始、最初。饥（jī）：饿。这句话意思是：老百姓一开始吃不饱肚子。

㊸ 尔后：从这以后。稷（jì）：就是谷子。古人认为，稷是各种谷类作物中最好的，所以把稷看做是谷神。时（shí）：也就是"莳"（shì）字，意思是把秧分开来均匀地插。百谷：各种各样的谷类作物。这句话是说：从这（指上一句话老百姓吃不饱）以后，谷神稷就播种（zhǒng）、插秧、种（zhòng）庄稼。

㊹ 封弃于邰：这句话意思是，封弃在有邰这个地方做官。

㊺ 号：古代人除了名字以外起的称呼。曰：叫做。

㊻ 别姓姬氏：另外姓姬。根据古代传说，黄帝住在姬水，因此姓姬。而周民族的最早祖先后稷是黄帝的后代，所以也姓姬。

译过来

　　周民族的祖先是后稷，名字叫弃，他的母亲原来是有邰氏族

的姑娘，叫做姜原，姜原是帝喾的第一个妻子。

有一天，姜原出门到野外，看见路上有一个很大的脚印，心里感到很高兴，就想用脚踩上去。谁知刚一踩上去，就觉得自己的身体受到一阵触动，好像是怀孕了。等到临产的日期一到，果然生下一个儿子，她觉得奇怪，以为不吉利，于是就把这个刚生下的孩子丢在一条狭窄的小巷子里。可是那些从这条小巷子走过的马啊、牛啊，经过孩子身边时，都避开他，不踩也不碰，她只好又把他丢到山林中去，可是碰巧山林里有很多人，没办法，又把他抱走，丢在结成冰的水渠上。想不到，这时从天上飞来一群鸟，它们用翅膀给孩子垫在冰上，并且还盖住他的身体。看到孩子经过这么多磨难不但没死，还有那么多奇怪的事，姜原认为他很不平常，于是就收养他，让他长大成人。因为一开始曾打算丢弃他，所以给他起了个名，叫"弃"。

弃还是个小孩子的时候，就想着长大了要做个有作为的人。他在做游戏的时候，就喜欢种麻、种豆，都生长得很好。等到弃长大成人以后，他就喜欢耕种。他很有经验，会看土地，知道什么样的土地适合种什么东西。适合种谷子的土地就播种谷子，到成熟的时候就去收割。各地的老百姓全都跟着他学种庄稼。当时的帝王尧听说了这件事，就选派他做管理农业生产的官，这样，各地都重视农业，学习耕种，取得了很好的效果。后来舜接替尧做了帝王，他对弃说："弃啊，老百姓因为一开始吃不饱、饿肚子，从这以后，谷神稷才播谷子、种庄稼，老百姓才没有饿死。"由于弃教人们种庄稼有功劳，帝王就封他在有邰这个地方做官，称他为"后稷"——他就是农业官或者农艺师，另外以"姬"作为姓。

古代神话

帮你读

　　我国是世界上最早发明种植水稻的国家之一,农业生产有很长很长的历史了,所以在古代神话中少不了有关农业耕种的故事。最有名的就是这个后稷和他发展耕种的神话故事。

　　那么,我们从这个神话中学到了什么呢?

　　第一,后稷从小就有远大理想,立志成为一个有作为的人。他喜欢研究农业,就持之以恒,经过多年的积累,终于成为农业专家,为人民做出了巨大的贡献,实现了儿时的理想。这便是"有志之人立长志"的道理。

　　第二,后稷将自己的才能无私地奉献出来,造福于当时和后世的无数人民,所以人民永远感激他,爱戴他。这正是:"敬人者人恒敬之,爱人者人恒爱之。"

　　第三,从人类发展史的角度来看,文中提到"隘巷"、"耕农"、"封弃于邰"等上古人民的生活场景,使我们能较清晰地了解当时生产力发展水平与人民生活方式的关系。

　　第四,这个神话来自西汉人司马迁撰写的《史记》,表明这个神话已经被历史化,就是说已经被当做真实的历史来记录了。

燕子诞生的殷商民族

殷契，母曰简狄①，有娀氏之女，为帝喾次妃②。三人行浴③，见玄鸟堕其卵④，简狄取吞之⑤，因孕，生契⑥。契长而佐禹治水有功⑦，帝舜乃命曰："……汝为司徒……"⑧，封于商⑨，赐姓子氏⑩。

选自《史记·殷本纪》⑪

① 殷契(xiè)：殷氏族的祖先契。曰：叫做。

② 帝喾(kù)：古代传说中一个部族的头领。次：第二。妃(fēi)：皇帝、国王的小老婆。

③ 行(xíng)：走、去。浴(yù)：这里当动词用，洗澡的意思。

④ 堕(duò)：掉下、落下。其：代词，指玄鸟，也就是燕子。

⑤ 取：拿来。之：代指鸟卵。

⑥ 因：因此。孕(yùn)：怀胎。生契：生下了契。

⑦ 契长(zhǎng)：契长大以后。佐：帮助别人。这句话是说，契长大以后，帮助禹治洪水，建立了功劳。

⑧ 命：任命，指派。司徒：古代官名，主要管教育。这句话是说，帝舜于是就任命契为管教育的司徒。

⑨ 封于商：把商这块地方封给他。

⑩ 赐(cì)：赏给、送给。子：就是指燕子；"子氏"指燕氏。

⑪《史记》：原来叫《太史公书》，西汉人司马迁写成的中国第一本通史。

　　殷氏族祖先契的母亲叫简狄，她是有娀国国王的女儿，是帝喾的第二个小老婆。一天她们三人去洗澡，看见燕子飞过，燕子生下一个蛋，简狄就把这个蛋捡起来吞吃下肚里，因此就怀孕生下了契。契长大后帮助禹治洪水，建立了功劳，帝舜就任命他当管理教育的司徒，把商这块地方封给他，还赐他姓子氏，也就是燕氏。意思说这个民族的祖先是燕子诞生的。

　　这个神话是讲某个氏族的起源和他们的祖先是怎么出生的。这种神话叫"推原神话"。

　　我们知道，人是不可能由燕子生出来的。可是为什么神话这么写呢？这么写又说明什么？

　　在原始社会，人类的生产力还很低，他们要依靠狩猎和采集才能生存下去。在长期的生活中，每一个氏族都与某一类动物或植物发生了很密切的关系，于是，这些氏族就认为，是这些动物或植物诞生养育了他们，与他们有紧密的血缘关系，所以对这些动植物很崇拜，这就叫图腾崇拜，是宗教的最早阶段。

　　本篇行文流畅，语句简短，文笔活泼，想像奇异，读来很吸引人。

从耳朵里出来的盘瓠①

高辛氏有老妇人②,居于王宫③,得耳疾④历时⑤,医为挑治⑥,出顶虫⑦,大如茧⑧。妇人去后⑨,置以瓠篱⑩,覆之以盘⑪。俄而顶虫乃化为犬⑫,其文五色⑬,因名盘瓠⑭,遂畜之⑮。

时戎吴强盛⑯,数侵边境⑰,遣将军征讨⑱,不能擒胜⑲。乃募天下有能得戎吴将军首者⑳,赠金千斤㉑,封邑万户㉒,又赐以少女㉓。

后盘瓠衔得一头㉔,将造王阙㉕,王诊视之㉖,即是戎吴㉗,为之奈何㉘!

群臣皆曰㉙:"盘瓠是畜㉚,不可官秩㉛,又不可妻㉜,虽有功㉝,无施也㉞。"

少女闻之㉟,启王曰㊱:"大王既以我许天下矣㊲!盘瓠衔首而来㊳,为国除害㊴,此天命使然㊵,岂狗之智力哉㊶,王者重言㊷,伯者重信㊸,不可以女子微躯㊹,而负明约于天下㊺,国之祸也㊻。"

王惧而从之㊼,令少女从盘瓠㊽。盘瓠将女上南山㊾,草木茂盛㊿,无人行迹㉑,于是女解去衣裳㉒,为仆竖之结㉓,著独力之衣^⑤，随盘瓠升山^⑤，入谷^⑤，止于石室之中^⑤。

王悲思之^⑤，遣往视觅^⑤，天辄风雨^⑤，岭震^⑥，云晦^⑥，往者莫至^⑥。

《搜神记》卷十四节选

① 盘瓠（hù，旧读 hú）：古代神话传说中的人物。

② 高辛氏：也就是帝喾，传说是古代一个部族的头领。老妇人：老太太。

③ 居：居住。

④ 疾（jí）：病。耳疾：就是耳病。

⑤ 历时：经过一段时间。

⑥ 医：医生。挑治：用挑的方法来医治耳病。

⑦ 出：指挑出。顶虫：一种今天还搞不太清楚的虫，有说像茧（jiǎn），有说像蚕。

⑧ 茧：某些昆虫的幼虫在变成蛹（yǒng）之前吐丝做成的壳，通常是白色或者黄色的。

⑨ 去：离开、离去。这里指死去。

⑩ 置（zhì）：装、放。瓠：是一种葫芦。篱（lí）：就是爪篱。但是"瓠篱"具体是一种什么东西，仍不太清楚。这句话意思是"拿瓠篱来装那只顶虫"或者是"把顶虫放在瓠篱里"。

⑪ 覆（fù）：盖住。之：指顶虫。以：用。这句话意思是：用盘子盖住这条顶虫。

⑫ 俄而：时间很短。化为：变成、变化。犬（quǎn）：狗。

⑬ 其：指顶虫变成的狗。文：就是"纹"字，花纹。五色：原来指青、黄、赤（红）、白、黑五种颜色，后来泛（fàn）指多种颜色。

⑭ 因：因此。名：叫…名或者名字叫…。盘瓠：因为这条狗是在瓠里放着、盘子盖着，所以叫盘瓠。

⑮ 遂（suì）：于是，就。畜（xù）：养。之：指盘瓠这条狗。

⑯ 时：那时，当时。戎（róng）吴：古代传说中的民族。

⑰ 数（shuò）：几次、多次。侵：入侵、侵略。

⑱ 遣（qiǎn）：派，打发。将军：指军队。征讨：派军队去抗击侵略。

⑲ 擒（qín）：捉拿。胜：战胜，取胜。

⑳ 募（mù）：招、召集、募集。一般指募集钱财或者人员。天下：指全国各地。戎吴将军：指戎吴的最高指挥官。首：脑袋。有……者：有……的人。这里指勇士。这句话意思是：于是就募集全国各地能够打败戎吴入侵、取得他们最高指挥官脑袋的人。

㉑ 赠（zèng）：送，赠送。金：黄金。千斤：这里指数量很多。

㉒ 封：古代帝王把官位、土地或者称号赠送给手下的官员，叫做封。邑（yì）：古代指城市，或者领地。万户：古代指一万家农户。这句话意思是：让他统治这一万家农民居住的地方。

㉓ 赐（cì）：送、赏（shǎng）给。少女：这里指高辛氏国王的小女儿。

㉔ 后：不久、后来。衔（xián）：用嘴含着或叼（diāo）着。一头：一个人的脑袋。

㉕ 将（jiāng）：送。造（zào）：往、到。王阙（què）：王宫。

㉖ 诊（zhěn）：审察，断定。视：看。之：这里代指戎吴的头。

㉗ 即（jí）：就是。是：这里意思指"这"、"这个"，也就是指戎

吴将军的脑袋。

㉘ 为之：对这一点。奈(nài)何：怎么办。

㉙ 群臣(chén)：所有的官员。皆(jiē)：都、一致。

㉚ 畜(chù)：牲畜。一般指家养的狗、牛、羊等。

㉛ 官：当动词用，指封官。秩(zhì)：原指古代官员的工资，也当动词用，指发给工资。

㉜ 妻(qī)：原是名词，男人的配偶。这里当动词用，指娶(qǔ)妻。

㉝ 有功：建立功劳，指取得戎吴将军的脑袋。

㉞ 无施：没有用，不能实施前面说过的奖赏计划。

㉟ 少女：这里指高辛王的小女儿。闻(wén)：所见，听说。之：在这里代指上述的事情。

㊱ 启：提醒，启发。这句是：小女儿提醒父王说。

㊲ 大王：古代下级官员对国王的尊称。小女儿在这里也跟大家一样称呼。既：既然。以：拿、用、将。许：答应送给别人东西或者给别人做事。矣(yǐ)：古文中当助词，放在句子末尾，跟"了"字意思相同。这句话意思是：既然大王你已经将我许给盘瓠，全国各地的人都知道了。

㊳ 衔首：指口里叼着戎吴将军的脑袋。

㊴ 除害：指除掉侵犯国家的戎吴民族。

㊵ 此：这就是。天命：古人认为"天"可以决定人类的命运，"天命"可以理解为一种自然规律的必然性。使：致使、达到。然：这样，如此。

㊶ 岂(qǐ)：哪里是。智力：智慧和能力。哉(zāi)：这里表示一种反问，同时也有肯定的语气。

㊷ 王者：当国王的人。这里也可以理解为指高辛王。重(zhòng)：重视、不轻率。言：言论、诺言。

㊸ 伯(bà)：就是“霸”字。在古代还没有形成一个统一管理的国家之前，各地那些拥有军队和地盘的人，自封为头领，霸占一方。这种头领就叫“霸”。这里也可理解为高辛王手下那些官员。信：信用。

㊹ 不可：不能够。以：拿，将，也可以理解为“因为”。女子：这里既指她自己，也可以理解为泛指所有女子。微：低微、低下。躯(qū)：身体。

㊺ 负：背弃、违背。明约：全国各地都知道的诺言、誓约。这句话意思是：违背自己的诺言，对全国各地的人丧失信用。

㊻ 祸：灾难，危害。

㊼ 惧：害怕。而：连词。从：听从、依从。之：指小女儿的道理。

㊽ 令(lìng)：使、让。从：随着、跟从。这里意思是指把女儿嫁给了盘瓠。

㊾ 将(jiàng)：带、领。

㊿ 茂盛：指树木、庄稼等长得很高大很浓密。

(51) 无人行(xíng)迹：没有人类走过的足迹。

(52) 解：脱掉。

(53)(54) 为仆竖之结，著独力之衣：这两句话的意思是：头上扎上当地妇女的头巾，身上穿上紧身衣服。

(55) 升：从低往高走。也就是登上山顶。

(56) 入：从高往低走。指走进山谷。

(57) 止：停止。石室：指山里的石洞。这句话是说：在山洞里安定住下了。

⑤⑧ 悲：伤心。思：想念。之：无实际含义。

⑤⑨ 遣往：派人去。觅：找。视觅：看望。

⑥⓪ 辄（zhé）：就。风雨：指刮风下雨。

⑥① 岭：山岭。震（zhèn）：很大的起伏和摇动。

⑥② 晦：昏暗、阴暗。

⑥③ 往者：去看望盘瓠他们的人。莫：不、没有。至：到达。这里指被派去的人没有找到盘瓠他们。

古代高辛国里有一个老太婆，住在王官里，耳朵得毛病有一段时间了，医生给她看病，从她耳朵里挑出一条顶虫，像蚕茧那么大，老太婆死后，王官里的人就把这条顶虫放在瓠篱里，再盖上盘子。过了一会儿，顶虫就变成了一条狗，身上的毛五颜六色。因为它在瓠里放着，盘子盖着，所以取名叫"盘瓠"，把它关在王官里饲养。

当时北方有个民族叫戎吴，非常强盛，经常侵犯高辛国的边境。高辛王曾经派军队去抗击侵略，可是都没有取得胜利。高辛王于是就贴出布告，募集全国各地能够打败戎吴入侵、取下敌人最高指挥官脑袋的人，答应赠给这样的人一千斤黄金，封他当能统治一万户农民的官，还要把自己的小女儿嫁给他做妻子。

不久，盘瓠忽然口里叼着一个人头，送到王官，高辛王仔细一看，正是敌人最高指挥官戎吴将军的脑袋。这可怎么办才好呢？

这时所有的官员都说:"盘瓠是一条狗,既不能封它做官,发给他俸禄,又不能跟人结婚娶老婆,虽然它建立了功劳,可也没用啊!"

高辛王的小女儿听了这些话,就对她父王说:"父亲大人既然已经向全国的人许诺把我嫁给杀死戎吴将军的人,现在盘瓠叼了敌人指挥官的头回来,为国家除掉了一个大害,这是天命该着这样,哪里是一条狗的智慧和能力所能做到的?当国王的应该说话算数,做地方头领的也要守信用,不能因为爱惜我这么一个女子微不足道的身体,而违背自己当初许下的诺言和誓约,对国人失掉信用,这样做会给国家带来灾难的。"

高辛王听了这番话,有些害怕了,只好听从女儿的话,把她嫁给盘瓠。盘瓠带着高辛王的女儿上了南山,山上树木花草长得很茂盛,还没有人类的足迹。于是,姑娘脱下平时在王宫里穿的漂亮衣服,按照当地妇女的打扮,包上头巾,穿上利索的衣服,跟随着盘瓠,登上山顶,走入山谷,最后在一个石洞里住了下来。

自从小女儿离开王宫,高辛王很伤心,很想念女儿,于是就派人去山上寻找看望他们。可派去的人一到山上,天空就刮风下雨,山岭震动,云雾阴暗,去的人一直没有找到他们。

 **帮你读**

这个神话讲的是人与神之间的故事。

盘瓠是神话中的主要角色,它是一条神奇的狗:先是虫,后变狗;能咬下敌人的脑袋,能结婚生子。这是充满幻想的部分,实际上狗是做不到这些的。这只是古人经常和狗打交道,狗帮了人们很大的忙,甚至救过人,他们才这么赞美狗。总之,盘瓠是一个英雄,勇士,神话中还把它看做神来到人间的化身。高辛氏的女儿实际上也是同神结合。

神话中对高辛氏的女儿也写得很生动,很感人。她通情达理,顾全大局,也很守信用,为了国家和民族的大事,愿以自我牺牲来换取国家的安定。另外,高辛王也写得有血有肉,他为女儿着想,想推翻前面说过的话,后来,又很想念离去的女儿,并派人去看望。这些,都很有现实生活的人情味。

太阳每天经过的地方

　　日出于旸谷①，浴于咸池②，拂于扶桑③，是谓晨明④；登于扶桑⑤，爰始将行⑥，是谓朏明⑦；至于曲阿⑧，是谓旦明⑨；至于曾泉⑩，是谓蚤食⑪；至于桑野⑫，是谓晏食⑬；至于衡阳⑭，是谓隅中⑮；至于昆吾⑯，是谓正中⑰；至于鸟次⑱，是谓小还⑲；至于悲谷⑳，是谓䀩食㉑；至于女纪㉒，是谓大还㉓；至于渊虞㉔，是谓高舂㉕；至于连石㉖，是谓下舂㉗；至于悲泉㉘，爰止其女㉙，爰息其马㉚，是谓县车㉛；至于虞渊㉜，是谓黄昏㉝；至于蒙谷㉞，是谓定昏㉟。

　　日入于虞渊之汜㊱，曙于蒙谷之浦㊲，行九州七舍㊳，有五亿万七千三百九里㊴。

选自《淮南子·天文训》

古代神话

① 旸（yáng）谷：又叫汤谷。是古代传说中太阳升起的地方。旸：指日出。

② 浴（yù）：洗澡。咸（xián）池：古代传说中太阳洗澡的地方。

③ 拂（fú）：指轻轻擦过。扶桑（sāng）：古代神话中一棵大桑树，太阳从旸谷出来后从这里升起。

④ 是：这时、这。谓（wèi）：就叫做、称做。晨明：这句与下两句的"朏明"、"旦明"，都是形容太阳升起，天就要亮、由暗到明的不同变化。

⑤ 登于扶桑：这里指太阳又升高了，超过了扶桑树。

⑥ 爰（yuán）：缓（huǎn）缓地、慢慢地。

⑦ 朏（fěi）明：天刚亮。

⑧ 至于：到了……，达到……。曲阿：古代神话传说中的山名。

⑨ 旦明：天刚亮时，比前面的"晨明"，"朏明"要更亮点。

⑩ 曾（zēng）泉：古代神话传说中的水名。

⑪ 蚤（zǎo）：古代"早"字。蚤食：就是早点、早餐。

⑫ 桑野：古代神话传说中的山名。

⑬ 晏（yàn）：晚。晏食：时间上比早食晚一点，但还没有到午饭。

⑭ 衡阳：古代神话传说中的南方山名，不是指今天湖南省的衡阳。

⑮ 隅（yú）中：太阳快接近中午的时候。

⑯ 昆吾：古代神话传说中的南方山名。

⑰ 正中：指太阳刚升到正中间，也就是正午。

⑱ 鸟次：古代神话传说中的山名。

⑲ 小还：指太阳开始落下去。还（huán）：回去。

⑳ 悲谷：古代神话传说中西南地区的山名。

㉑ 铺（bù）：吃东西。铺食，就是傍晚吃饭的时候。

㉒ 女纪：古代神话传说中西北地区的地名。

㉓ 大还（huán）：指太阳完全落下去了。

㉔ 渊（yuān）虞（yú）：古代神话传说中的地名。

㉕ 高春（chōng）：指太阳虽然落下去了，但还有光亮，老百姓还在春米。

㉖ 连（lián）石：古代神话传说中西北地区的山名。

㉗ 下春：指太阳落下后，光线渐渐暗下去，老百姓停止了春米。

㉘ 悲泉：古代神话传说中西北地区的地名。

㉙ 爰止：慢慢停下来。女：古代神话传说中太阳的母亲羲（xī）和。这句话意思是：送太阳儿子在天空行走的羲和慢慢停了下来。

㉚ 爰息：慢慢地停下来。马：指羲和驾的马车。

㉛ 县（xuán）：也就是"悬"，挂着的意思。县车：就是把运送太阳行走的车子停住不往前走了。

㉜ 虞渊：古代神话传说中太阳落下去的地方。

㉝ 黄昏：在太阳落下去以后和星星出现以前这段时间。跟今天我们说"黄昏"的含义有些相似。

㉞ 蒙谷：也叫"昧谷"，是古代神话传说中太阳落下去的西北地区的地名。

㉟　定昏:指天色已经昏黑无光,完全进入夜晚。

㊱　日入于虞渊之汜(sì):太阳进入虞渊的水边。汜:水边、水滨。

㊲　曙(shǔ):指太阳升起时的光线;曙光。这里当动词用,表示太阳的光线照射在蒙谷的河岸边。浦(pǔ):水边或者河流入海的地方。

㊳　行(xíng):走、运行。九州七舍:指前面太阳经过的十六个地方。

㊴　亿:古代等于十万。五亿万:五十万。七千三百九里:七千三百零九里。

译过来

　　太阳从东方的旸谷升起来了,先在咸池里洗个澡,然后轻轻地升上一棵大桑树的枝头,这时候叫晨明,天蒙蒙亮。当太阳升起超过桑树时,太阳就要慢慢地升起来运行了,这时叫做胐明,天就要亮了。当太阳升到曲阿这座山的时候,叫做旦明,天又比刚才亮多了。当太阳升到曾泉时,叫做早食,也就是到吃早饭的时候了。当太阳升到桑野这座山时,叫做晏食,该吃晌午饭了。太阳升到衡阳这座山时,叫做隅中,太阳已经接近正当中了。太阳升到昆吾这座山时,叫做正中,正好在天空的正当中,也就是正午的时候。太阳到鸟次这座山时,叫做小还,也就是说,太阳开始往西边落下去了。太阳降到悲谷时,叫做铺食,也就是吃晚饭的时候。太阳降到女纪时,叫做大还,太阳已经完全落下去了。太阳降到渊虞时,叫做高舂,天空还有光亮,老百姓还在舂

米。太阳降到连石这个地方时，叫做下春，天空已经暗了下来，老百姓停止春米。太阳降到悲泉时，每天送自己的太阳儿子在天上运行的羲和妈妈慢慢地停了下来，拉车的六匹马也慢慢停止走动，这时候叫做悬车，也就是说，拉太阳行走的车子也停住不往前走了。当太阳降到虞渊时，叫做黄昏，太阳已经落下去，星星快要出现了。太阳降到蒙谷时，叫做定昏，天空已经没有光亮，完全进入夜晚了。

太阳进入虞渊的水边，第二天升起来时，光线已重新照射在蒙谷的岸边。太阳每天从东方的旸谷升起落到西方的蒙谷，经过九州七舍一共十六个地方，走了五十万七千三百零九里的路程。

在中国古代神话中，把自然物（比如太阳、月亮、星星等）作为主要角色来写的不多，这篇是其中之一。

这个神话有一点很突出、很有吸引力：火辣辣的太阳竟然被古人想像得这么富有人间生活的趣味。先是从东边升起，还洗个澡，然后经过一个一个地方，最后在西方休息，每天出来都由"他"的母亲驾驶车子送他从东向西走。太阳的自然升起和降落，在古人眼中就像是发生在自己家中的事一样。而且太阳每到一个地方，都有一个表示不同亮度和时间的称呼。你看，古人的观察力多么仔细！古人的想像力又是多么丰富、大胆！

这些，都说明古人对太阳的作用已经有了认识，知道该怎么加以利用。这表明人类的智慧在增加，本领在提高。

古代神话

飞往月亮的嫦娥

姮娥①，羿妻②，羿请不死之药于西王母③，未及服之④，姮娥盗食之⑤，得仙⑥，奔入月中⑦，为月精⑧。

选自《淮南子·览冥训》高诱注⑨

讲一讲

① 姮（héng）：娥：也就是嫦娥。

② 羿（yì）：古代神话中的人物，羿妻：指姮娥是羿的妻子。

③ 请：请求给予。西王母：古代神话传说中的人物。

④ 未及：还没有来得及。服：吃。之：指不死之药。

⑤ 盗食之：偷盗以后吃下去。

⑥ 得仙：成为神仙。

⑦ 奔：飞奔，飞往。

⑧ 为：成为，变为。月精：月亮女神。

⑨ 高诱：东汉末年的一位很有学问的人，他为《战国策》、《淮南子》等书作了许多注解。

　　姮娥（也就是嫦娥），是羿的妻子。羿从西王母那里求来可以长生不死的药，还没有来得及吃，就被姮娥偷偷拿走吃了下去，接着变成了神仙，飞到月亮里边去了，成了月亮女神。

　　在大自然的景物里，月亮是最优美、最富于浪漫色彩的。千百年来，它给人们带来了无限遐思，启发了人们多少艺术联想！在科学不发达的古代，月亮上的环形山造成的阴影在古人眼中，便是琼楼玉宇，由此产生了嫦娥奔月的神话传说，借以寄托人类美好的情感和憧憬。从古至今，无数诗人吟咏明月，其中直接借月中嫦娥以抒怀的诗歌如唐朝诗人李商隐的《嫦娥》诗："云母屏风烛影深，长河渐落晓星沉。"嫦娥奔月的故事演变、发挥，融入了人们的日常生活和风俗习惯，如中秋吃月饼，饼盒图案往往描绘着嫦娥奔月的情景。嫦娥奔月的神话不仅极大地丰富了中华民族的艺术宝库，浸润了人们的心灵，甚至进入了科学领域。我国近年来正在进行的月球探测工程便是以"嫦娥奔月"命名的。嫦娥作为中国人民心目中的美神，将永远以充满柔情的目光俯视人间。

每年只见一面的牛郎和织女

天河之东有织女①，天帝之女也②，年年机杼劳役③，织成云锦天衣④。天帝怜其独处⑤，许嫁河西牵牛郎⑥，嫁后遂废织衽⑦。天帝怒⑧，责令归河东⑨，许一年一度相会⑩。

选自《月令广义·七月令》引《小说》

① 天河：指天上的银河。织女：神话传说中很会纺织的一位仙女。

② 天帝：古人认为是天上权力最大的神。

③ 机杼(zhù)：织布机和织布的梭子。杼：古代指梭子。劳役(yì)：劳累地干活。

④ 云锦(jǐn)：像天上云朵一样漂亮闪光的锦缎。云锦又是我国一种传统工艺美术丝织品。天衣：因为神话中说织女住在天上，又是天帝的女儿，所以她织的衣裳也就叫天衣。

⑤ 怜：可怜。其：指织女。独：独自。处(chǔ)：居住。

⑥ 许嫁：允许、同意嫁给。河西：指天河的西边。牵牛郎：放牛的人。也叫"牛郎"。

⑦ 遂(suì)：于是，就。废(fèi)：不再继续做某件事，也就是荒废。衽(rèn)：衣服。这个字又写成"纴"，指织布机上的经线，意思是纺织。织衽：就是织布做衣服。

⑧ 怒：发火、发怒。

⑨ 责令：要求或者命令做成某件事。归：回来、回归。

⑩ 一年一度：一年一次。相会：见面。

译过来

天空上银河的东边住着织女，她是天帝的女儿，每年都在织布机前织布，很劳累辛苦，织成了好看的云锦天衣。天帝可怜她孤孤单单的，就同意她嫁给银河西边的牛郎。可是织女嫁给牛郎以后，就不再像以前那样勤劳地织布了。天帝知道后很生气，就命令她回到河东这边来住，只允许她和牛郎一年见一次面。

帮你读

太空中有两颗恒星，名为"牵牛星"、"织女星"，它们分别位于银河的两边,织女星在河东,是天琴星座最亮的恒星,牵牛星在河西,是天鹰星座最亮的恒星。这两颗星的得名正是来自牛郎织女的神话传说。后人根据最初的神话添油加醋,演绎出新的内容和不同的版本。如牛郎织女在每年七月七日相会,有一大群喜鹊为他们在银河上搭起一座鹊桥;牵牛星两边有两个小一点的星,古人便把这三颗星合称"扁担星",说那是牛郎用扁担挑着他和织女所生的两个孩子。农历七月七日在民间逐渐演变为一个节日,叫"乞巧节",这天晚上,大姑娘小媳妇在庭院里陈设瓜果点心,请求织女教她们缝纫刺绣的技巧,赐予她们一双巧手。如果这天恰好下雨,她们便会说,织女姐姐又掉眼泪了。这个凄婉的故事常被改编成戏剧,几乎所有的地方戏里都有"牛郎织女"这一出,电影《天仙配》就是现代对它的改编演绎。这个悲欢离合的故事还给很多诗人带来了文思,如宋代词人秦观的长短句《鹊桥仙》,就是其中很美丽的一首。

牛郎织女的故事之所以千古流传,因为它是人世间真实生活的写照,每当人们难掩心中的情愫,便会情不自禁地仰望星空,寻找那两颗神奇的星。

天空上的河流

　　旧说云①：天河与海通②，近世有人居海渚者③，年年八月有浮槎④，去来不失期⑤。人有奇志⑥，立飞阁于槎上⑦，多赍粮⑧，乘槎而去⑨。十余日中⑩，犹观星月日辰⑪，自后芒芒忽忽⑫，亦不觉昼夜⑬。去十日余⑭，奄至一处⑮，有城郭状⑯，屋舍甚严⑰，遥望宫中多织妇⑱，见一丈夫⑲，牵牛渚次饮之⑳。牵牛人乃惊问曰㉑："何由来此㉒！"此人具说来意㉓，并问此是何处㉔。答曰㉕："君还至蜀郡㉖，访严君平㉗，则知之㉘"。竟不上岸㉙。因还，如期㉚，后至蜀㉛，问君平㉜，曰："某年月日㉝，有客星犯牵牛宿㉞。"计年月㉟，正是此人到天河时也㊱。

选自《博物志·杂说下》㊲

　　① 旧说：过去的传说。云：说、讲。

　　② 天河与海通：天上的银河跟大海是相通的。

　　③ 近世：近来、最近这个时间、近代。居：居住。渚（zhǔ）：水中间的小块陆地。海渚：指大海中的小岛。

④ 年年八月：每年八月。槎（chá）：用竹或木做成的筏子。浮槎：在水面上浮动的筏子。

⑤ 去来：指筏子漂去又漂回。不失期：不改变日期；日期没有差错。

⑥ 人：指住在海岛上，每年八月都乘筏子漂去漂回的人。奇志：奇怪的想法或念头。

⑦ 立：建立、建造。飞：形容高高地在半空中。这句话是说，在筏子上建造了高高的楼阁。

⑧ 赍（jī）：怀抱，带。这里指旅行的人带着衣服、粮食等东西。

⑨ 乘：乘坐。去：指坐在筏子上，随海水漂流。

⑩ 十余日中：在随波漂流的十多天里。

⑪ 犹（yóu）：还、尚且、仍然。观：看见。星月日辰：指太阳、月亮和星星。

⑫ 自后：指十多天以后。芒（máng）：也就是"茫"字，形容模模糊糊看不清楚。忽（hū）：也就是"惚"字，形容恍惚、不清楚。

⑬ 亦（yì）：也。不觉：分不清楚。昼（zhòu）：白天。

⑭ 去：过了、过去。

⑮ 奄（yǎn）：忽然。至：到达。一处：一个地方。

⑯ 有：具有、具备。城郭：古代的城分内城和外城，内城叫城，外城叫郭。状：样子、形状。

⑰ 屋舍：指房屋等建筑。甚（shèn）：很、十分。严：整齐。

⑱ 遥（yáo）望：远远地看去。宫：指神话中神住的地方。织妇：在纺织的妇女。

⑲ 丈夫：古代对成年男子的称呼。

⑳ 牵牛：拉着牛。次：…的地方。渚次：就是海岛的水边。饮（yìn）之：把牛牵到水边让它喝水。

㉑ 惊问曰：吃惊地问道。

㉒ 何由来此：因为什么到这里。

㉓ 具：在这里指"俱"，是"全部、都"的意思。

㉔ 并问此是何处：并且问这里是什么地方。

㉕ 答曰：指那个牵牛人回答说。

㉖ 君（jūn）：古代对人的一种尊称。还：指回到原来的地方。至：到、到达。蜀（shǔ）：四川省的另一种叫法。郡（jùn）：是古代的一种行政区划。蜀郡：是古代一个国家所在地，在今天四川省境内。

㉗ 访（fǎng）：拜访、访问。严君平：汉代人，曾经在成都替人算命看相、预测未来。

㉘ 则（zé）：就、自然。知之：知道。

㉙ 竟（jìng）：副词，表示有点出乎意料之外。这句话指，乘筏子来到这里的那个人听完这番话后竟然没有上岸。

㉚ 如：依照。期：这里指筏子来回固定的日期。

㉛ 后至蜀：后来到了蜀郡。

㉜ 问君平：这里指那个人在问严君平他自己不久前去过的是什么地方。

㉝ 曰：这里省略了"严君平"几个字，实际上指严君平回答问题。某年月日：有一年的某月某日。某：指不确定的事、人等。

㉞ 客星：跟"主星"相对来说。也就是指不是那个地方特有的星星，天文学上叫新星。这里指那个乘筏子去的客人。犯：违犯、侵犯。牵牛宿：也就是指牵牛星座。古代把星座叫做"星

古代神话

宿"，一共有二十八星宿，牵牛宿是其中之一。这句话从地上人的角度看天空，实际上就是那个人与牵牛人见面的时候。

⑤ 计年月：推算所说的年月日期。

㊱ 到天河时：到达天河见到牵牛人的那天。

㊲《博物志》：西晋人张华写的书，有十卷，记录了许多神奇古怪的神话故事。

译过来

过去民间传说，天上的河与地上的海是连在一起的。有人住在海岛上，每年八月份的时候，都乘筏子漂过海岛，一来一回，每次总是固定的日期，从不改变。有个人就产生了一个别人意想不到的念头：在筏子上建造了一座高高的楼阁，随身带上足够的粮食，乘坐着筏子，随海漂流走了。最初的十多天里，他每天还能看见太阳、月亮和星星，以后，就显得模模糊糊，什么也看不清，连白天和黑夜也分不出来了。就这样又过了十多天，他突然漂到一个地方，看起来像一座城市的样子。城里的房屋楼阁整整齐齐的，远远望过去，还有许多纺织妇女。又看见有一个男子，拉着一头牛到水边喝水。牵牛人也看见了他，很惊奇地问道："你怎么会来到这里？"这个人就把自己的经过全都告诉了牵牛人。并问这是什么地方。牵牛人回答说："你回到蜀郡问严君平吧，他告诉你之后你就什么都清楚了。"这个人听牵牛人这么一说，就连岸也不上了，按照筏子一来一回固定的日期又漂了回去。后来他到了蜀郡，见到严君平，问起这件事。严君平告诉他说："某年某月某日，天上有一颗新出现的客星与牵牛星在一起。"一计算这个日期，正好就是这个人乘坐筏子随海水漂流到牵牛人那儿的那一天，这才明白，原来牵牛人就是住在天上的牛郎，自己去的那个地方就是天河啊！

帮你读

这是一篇优美的神话。

这个神话的特点很明显。和其他神话相比，其他神话的艺术风格显得或更雄奇，或更悲壮，更能震动人的心灵。这个神话则轻巧一些，平缓一些，给人一种舒服的感受。

神话中说天河与大海是连通在一起的，这是因为古人看见天际线上，大地或大海跟天连在一起，就以为天地之间真的有一个接缝，而天上垂挂的银河也是与海洋相通的。今天，科学已经揭示了地球与太空的关系，我们不会对任何违背科学的说法信以为真。但这并不意味着人类想像的可笑，相反，想像是人类最可贵的品质，写天上的情景，有城墙楼房，这也是以人间的生活为根据的。

古代神话

沾有泪痕的青竹

尧之二女，舜之二妃①，曰湘夫人②。舜崩③，二妃啼④，以涕挥竹⑤，竹尽斑⑥。

选自《博物志·史补》

① 尧之二女，舜之二妃：指尧的两个女儿，一个叫娥皇，一个叫女英。舜接替尧做了帝王之后，尧把这两个女儿嫁给他做妃子。

② 曰：意思是"叫……"。这句话是说，娥皇和女英又叫做湘夫人。因为民间传说她们两人沉入湘江死去，所以就有这个称呼。

③ 崩（bēng）：古代帝王死了叫崩。这句指舜死了。

④ 二妃啼：舜的两个妃子在舜死后，悲伤地痛哭。

⑤ 涕（tì）：眼泪。这句话是说舜的两个妃子边哭边流眼泪，眼泪滴在青竹上。

⑥ 斑（bān）：指斑点或斑纹。这句话是说竹子上的斑纹全都是二妃的眼泪沾上去染成的。

尧的两个女儿,是舜的两个妃子(一个叫娥皇,一个叫女英),又叫湘夫人。舜死了,这两个妃子悲伤地痛哭起来,流下来的眼泪滴洒在竹子上,竹子就有了花斑点。

湘妃竹又叫斑竹,是湖南特产,它秀拔莹润,竹竿上有点点紫色斑点,是一种珍奇的观赏植物。本篇神话更是给这种特殊的竹子注入了浓厚的感情色彩,使它成为人们咏物寄情的对象。古往今来,许多文人雅士为它挥洒过笔墨,如屈原的《离骚》,唐代诗人高骈的《汀浦曲》、清朝诗人施闰章的《见斑竹》观感,毛泽东同志在1961年写下的脍炙人口的《七律·答友人》一诗等,诗中都表达了对娥皇、女英的同情和赞美,诗情缠绵悱恻,感人肺腑。

黄帝丢失黑珍珠

　　黄帝游乎赤水之北①，登乎昆仑之丘②而南望，还归③，遗其玄珠④，使知索之而不得⑤，使离朱索之而不得⑥，使喫诟索之而不得也⑦。乃使象罔⑧，象罔得之⑨。黄帝曰："异哉！象罔乃可以得之乎⑩？"

　　　　　　　　　　　　　　选自《庄子·天地》⑪

　　① 游乎：就是"游于"，意思是"在……游玩"。赤水：古代神话传说中西北地区的地名。

　　② 登乎：登上。昆仑之丘：指昆仑山，在我国西北地区。

　　③ 而：连词。南望：往南边的方向眺望。还归：回去、归去、返回。

　　④ 遗（yí）：丢失。其：指黄帝。玄（xuán）：黑色。玄珠：黑色的珍珠。

　　⑤ 使：派遣。知：人名字。索：寻找，搜（sōu）寻。之：指黑珍珠。不得：没有找到。

　　⑥ 离朱：另一个替黄帝去找珍珠的人的名字。

⑦ 喫诟(gòu):第三个去找珍珠的人的名字。

⑧ 乃:于是。象罔(wǎng):第四个找珍珠的人的名字。

⑨ 得之:找到了那颗黑珍珠。

⑩ 异哉:奇怪啊。哉(zāi):表示感叹的语气词。象罔乃可以得之乎:象罔怎么可以找到那颗黑珍珠呢?

⑪《庄子》:又叫《南华经》,是战国时代的哲学家庄子和他的学生合写的一本讲道家哲学的书,里边采用了很多带有神话色彩的故事。

 译过来

黄帝喜欢在昆仑山一带游玩。有一次他在赤水北岸闲走,然后又登上昆仑山向南眺望,当他下山返回去的时候,不小心把一颗宝贵的黑珍珠给丢了。黄帝很喜欢这颗珍珠,他马上派知去寻找。知去找了半天,可是什么也没找到。黄帝又派离朱去找,离朱也是空着两只手回来。黄帝又派喫诟去找,喫诟还是没有找到那颗黑珍珠。最后,黄帝只好派象罔去找。据说象罔平时是很粗心的,可是谁知象罔一找就找到了。黄帝觉得很惊讶,他说:"奇怪啊! 怎么象罔就可以找到那颗黑珍珠呢?"

 帮你读

古代帝王具有很大的权力,手里也有很多珍贵的东西,这些东西是很值钱的,有的东西还代表了帝王的权力或地位。从这个神话中可以看出,那颗黑珍珠对黄帝来说是很宝贵的,一旦丢了,急得马上派人去找,而且一个接着一个地派去,但是都没有

找到。有意思的是，最后找到这颗黑珍珠的竟然是一个平时比较粗心大意、经常丢三落四的象罔！这种出人意料的效果使象罔这个人物形象十分突出。在写作手法上，充分运用了"伏笔"和"铺垫"。

　　这个赤水玄珠的故事与前面的神话都不同，没有人与自然的斗争，也没有人与人的冲突，通过这个神话，我们可以了解中国古代神话的另一种类型。

古代神话

长寿的彭祖

彭祖者①，姓篯②，讳铿③，颛顼之玄孙也④，殷末已七百六十七岁⑤而不衰老⑥。王令采女乘辎軿往问道于彭祖⑦，彭祖曰："吾遗腹而生⑧，三岁而失母⑨，遇犬戎之乱⑩，流离西域⑪，百有余年⑫。加以少枯⑬，丧四十九妻⑭，失五十四子⑮，数遭忧患⑯，和气折伤⑰，荣卫焦枯⑱，恐不度世⑲。所闻浅薄⑳，不足宣传㉑。"乃去㉒，不知所之㉓，其后七十余年㉔，闻人于流沙之国西见之㉕。

选自《神仙传》卷一㉖

讲一讲

① 彭（péng）祖：古代神话传说中寿命很长的神。因为天帝尧（yáo）封他在彭城做官，活得又这么长，像老祖宗一样，所以叫彭祖。

② 篯（jiān）：彭祖的姓。

③ 讳（huì）：指因为各种各样的原因而不能说、不愿说，或者不敢说的事情、名字等。铿（kēng）：彭祖的名字。

④ 颛（zhuān）项（xū）：古代神话传说中的帝王。玄（xuán）

孙：本身以下的第五代。也：表示一种肯定性的助词。

⑤ 殷末：殷商末期。这句话意思是：到殷末时彭祖已经有七百六十七岁了。

⑥ 衰（shuāi）老：年纪大体力精力不够了。

⑦ 王：殷商朝代的帝王，在这个神话中没有具体说是哪一个。令：命令、指派。采女：古代从民间选进王宫里干活的少女。乘（chéng）：坐车。辎（zī）：古代一种有布帘（lián）遮（zhē）盖的车。軿（píng）：古代贵族妇女乘坐有布帘的车。往：去。问道：问一问为什么这么长寿的原因和方法。问道于……：意思是"向……问道"。

⑧ 吾（wú）：我。遗（yí）腹（fù）而生：父亲死后才出生的人。

⑨ 失母：母亲去世。

⑩ 遇：碰上。犬戎（róng）：古代西北地区的一个部族的名称，两三千年前，主要在今陕西省彬县、岐山一带活动。乱：指犬戎这个部族侵犯殷国，挑起战争。

⑪ 流离：这里指战争动乱而到处逃难。西域：汉代以后对于今天甘肃敦（dūn）煌（huáng）西北玉门关以西地区的一个总的叫法。这里指在我国境内的西部地区。

⑫ 百有余年：一百年有余，也就是一百多年。

⑬ 加以：再加上。少枯：少年（或青年）时代身体不够健康结实。枯：本来指草木失去水分或者失去生机，在这里作比喻用。

⑭ 丧（sàng）：失去，也就是死去。四十九妻：四十九个妻子。

⑮ 失：失掉，这里也指死去。五十四子：五十四个儿女。子：

古代神话

古代指儿女。

⑯ 数（shuò）：几次、多次。遭（zāo）：碰到、遇上。忧（yōu）患（huàn）：经历不顺利，吃过很多苦。

⑰ 和气：指中和之气，也叫"中气"。这是中医学上的一个专用名词。折伤：这句话指伤了中和之气，精神和身体都受到了损伤、影响。

⑱ 荣：中医学名词，把人的血叫荣，气叫卫。焦枯：指血气都干枯没有了。这句也是形容精神和身体受了损伤影响。

⑲ 恐：恐怕、估计。度世：过日子，也就是指生活。这句意思是：估计也活不了多久了。

⑳ 所闻：知道的事情或者办法。浅（qiǎn）薄（bó）：知识或经验不多。

㉑ 不足：不值得。

㉒ 乃去：就离开、走了。

㉓ 不知：不知道。所之：所去的地方。

㉔ 其后：指从彭祖离开了以后。

㉕ 闻：听说、传闻。流沙之国：古代中国西北方向的一个国名。见之：看见彭祖。

㉖《神仙传》：这是中国自己特有的宗教——道教的一本书名，有十卷，为晋代葛洪写。书中主要讲了古代传说中的九十四个神仙的故事。

译过来

彭祖，姓篯，名字叫铿。他是颛顼帝王的玄孙。到殷末时他已经活了七百六十七岁了，可还是不像年纪很大，精力体力都不够用的样子。殷王就派采女乘坐贵族专用的车子去问彭祖，他到底是怎么保养，能够活得这么长的。彭祖回答说："我没有生下来时，父亲就死了。当我三岁的时候，母亲也死了。后来又遇上了犬戎侵犯我们的国家，为了躲开灾难，我到西域一带流浪，一直过了一百多年。再加上我年轻的时候身体就不太结实，活到现在，总共死去了四十九个妻子，丧失了五十四个儿女。我经历了这么多不顺利的事情，吃了很多苦头，损伤了中气，影响了精神和身体。我的血和气都快干枯了，估计活不了多长了。我就知道这么一点事情，根本不值得拿出去宣扬传播。"说完了这些话，彭祖就离开了，谁也不知道他到哪里去了。又过了七十多年，听说有人在流沙国的西边看见过彭祖。

帮你读

这个神话，写的是一个长寿的人，它表明了古人想长生不死的幻想。它关心的重点是人的本身，是人自己的生命，这在别的神话中是不多见的。

从神话的发展来看，最早的神话关心的是大自然，是人如何在自然中生存的问题。因为当时古人在智力、体力等方面还像一个儿童一样，需要依靠大自然。换句话说，他们还离不开自然的控制。后来，古人像儿童长大成人一样，也慢慢地成熟了，智力、体力都发展了，可以不完全依靠大自然也能很好地生存了。他们的注意力也慢慢转到关心人与人的关系，关心人自己。彭祖长寿的神话就属于这一类。

浅谈神话

在发明文字之前，文学艺术就已经产生了。那时的文学，只是一种在民间流传的口头文学，也就是神话、歌谣、传说和故事等。后来，发明了文字，才开始记录这些口头文学。

由于当时文字还没发展成熟，古人的思维和逻辑推理能力还没得到充分发展，所以，记录下来的神话一般都是情节比较简单，风格比较质朴，文字比较古奥，今天看起来就像一个故事的简介或者梗概一样。越早的神话，越是简单、质朴；而较晚的神话，则更加完整、华丽。

如果说古代歌谣是中国文学史上韵文体作品的最早样式，那么，散文体作品的最早样式就是古代神话，可以说，神话是我国文学史上散文体作品的源头。从此以后，散文体作品的发展越来越完整、成熟、定型。

中国古代神话比较零星散乱，没有形成完整的体系，尽管如此，它仍形成了一些鲜明的特色，主要有如下几点：

1. 叙事风格简练、朴实。古代神话通常以朴实的风格讲一件事或一个神的来龙去脉，一般不作专门的议论或抒情。

2. 采用浪漫主义的表现手法。古代神话通过幻想、夸张，尤其是拟人化等浪漫主义的表现手法来描写古代的事物和各种形象，为神话增添了奇妙而美丽的色彩。

3．神话在其演变过程中，逐渐被历史化、寓言化。后代学者，尤其是儒家学派把某些神话加以改造，使之化为历史，写入简册。如孔子曾对黄帝进行了具体的描述，似乎真有其人其事一样，而中华民族是炎黄子孙的说法也好像十分确凿，这便是对神话进行历史化改造的实例。另外，有些神话中包含一些哲理，后世的某些思想家便从神话的宝库中选取有用的部分，改造成寄托自己思想观点的寓言，借以宣扬自己的学说，这在先秦诸子的著作中十分常见。

4．神话是文学艺术的源头。神话中乐观进取的精神、不屈不挠的意志、大胆的想像和夸张，对后世文人及其创作产生了很大的影响。神话中的夸张、拟人等表现手法成为文学创作的基本手法，神话中的人物与故事更是后人进行再创造的不朽母题。

青少年朋友，古代神话作为中国文学史的第一页就要翻过去了，中国文学的童年时代也即将结束，希望你们喜欢古代神话，并由此热爱我国古典文学。祝愿青少年朋友们伴随中国文学的青年时代、成年时代一起长大成人！